クランツ竜騎士家の箱入り令嬢

箱から出ても竜に捕まりそうです

紫　月　恵　里

E R I　S H I D U K I

一迅社文庫アイリス

CONTENTS

ジークヴァルド
次期竜の長とされている、
強い力を持つ銀竜。
人型は、怜悧な顔立ちの美青年。
近寄りがたい雰囲気の持ち主。
エステル・クランツ
17歳。竜騎士の名門の
伯爵令嬢だが、高所恐怖症のため
竜騎士としての将来は絶望的。
絵を描くことが大好き。

ユリウス・クランツ

16歳。エステルの弟で、
上位の竜であるセバスティアンと
契約をした竜騎士。シスコン気味。

セバスティアン

ユリウスの主竜。竜の中でも上位の
力を持つ若葉色の鱗の雄竜。
食欲旺盛で食い意地が張っている。

レオン・クランツ

42歳。エステルの叔父で、
アルベルティーナと契約をした竜騎士。
年齢よりも若々しく見え、快活でよく笑う。

アルベルティーナ

エステルの叔父の主竜。
紅玉石のような色の鱗の雌竜。
エステルのことを気に入っている。

クリストフェル

ジークヴァルドの配下。黒い鱗、
黒い大きな巻き角を持つ雄竜。
おっとりとして知的。

ルドヴィック

元次期竜の長候補。青と金の斑色の
鱗の雄竜。気性が荒く、
ジークヴァルトに敵愾心を持っている。

クランツ竜騎士家の箱入り令嬢

箱から出ても竜に捕まりそうです

イラストレーション◆椎名咲月

クランツ竜騎士家の箱入り令嬢 箱から出ても竜に捕まりそうです

A nel daughter of the Kranz Dragon Knights

プロローグ

「――銀の竜……！」

カタカタと小刻みに震える窓に張り付いて空を見上げたエステルは、喉の奥からこみ上げてきた高揚感に、思わずそう叫んだ。

久しぶりに発した声は、喉にからみ、どうにもみっともなかったが、誰もいない自分の部屋ではそれを笑う者はいない。エステル自身が誰も入ってこないで、と追い出したのだ。

地を柔らかく潤していく雨とともに、自分の灰色の瞳と同じような鉛色の空を悠然と飛翔していく竜は、身近に竜を見ながら育ってきたとはいえ、生まれてからこの七年の間一度も見たことがない銀色をしていた。

ふっと竜の姿が屋敷の屋根に隠れて、見えなくなる。

次の瞬間、エステルは身を翻して閉じこもっていた自室の扉の鍵を開け、焦ったように飛び出した。途端に、がつん、と何かがぶつかる音がする。

「あいたっ、――お、お嬢様!?」

「ごめんなさい！」

扉に張り付いてでもいたのか、廊下に控えていたはずの乳母の驚愕した声に振り返りもせずに謝ると、竜騎士の名門と呼ばれて久しいクランツ伯爵邸の古めかしい廊下を駆けていく。

「どこへ行くの、エステル！　あなた、ユリウス、エステルを追いかけて……っ」

乳母の声が聞こえたのか、居間から飛び出してきた母の腕をすり抜けて、抱きとめようとした父の腕を飛び越え、飛びついて止めようとする年子の弟をひょいと横に避ける。床か壁にぶつかる痛そうな音が聞こえたが、かまってなどいられなかった。

（ごめんっ、ユリウス。でも、早く、早く行かないと、見えなくなる！）

部屋履きのまま玄関ホールを抜けて重い扉を押し開け、小雨が降る庭へと駆け出す。

息を切らして空を見上げたエステルは、大きく目を見開き立ち尽くした。

垂れ込めた雨雲の隙間から差し込んだ日の光が、遠ざかる竜の銀の鱗を金や銀に輝かせ、そこから滴り落ちる雨粒は、細い金鎖や銀鎖のようにちかりちかりと揺らめいている。銀竜がくぐった淡く輝く色とりどりの光の半円が虹だ、と気づいた時、竜が首をもたげて咆哮した。

次の瞬間、まるで帳を一息に開けたかのようにさっと雨が止み、眩い午後の光が街を鮮やかに照らし出した。

（――世界が、変わった）

エステルは心の底から溢れそうになる言い表しようのない感動に、ぶるりと身を震わせた。

畏怖なのか感嘆なのか、鳥肌が立った腕をさすろうとして、代わりにずっと手にしたままだったスケッチ用の木炭をぎゅっと握りしめる。

「エステル、どうしたんだよ!?」

それほどダメージがなかったのか、早くも追いついてきた弟が、後ろから恨みのこもったような強い力で肩を掴(つか)んで振り向かせてきた。その顔がぎょっとしたのは多分、気のせいではない。

「見た⁉　銀の竜よ、幻の銀竜！　あああっ、どうしよう。――描(か)かなくちゃ！　描かないと、もったいない‼」

にやけて緩んだどうしようもない顔のまま、頬を引きつらせる弟に興奮したように言い募る。

頭の中はどうやってこの思いを絵に表現できるかということでいっぱいで、つい先ほどまで誰にも会いたくないと部屋に閉じこもっていたことなど、すっかりと忘れていた。

「そうじゃないと、人生最大のそんしつよ！」

エステルは持っていた木炭を掲げて、遠ざかりつつある銀竜に向けて力いっぱいそう叫んだ。

第一章　いざ、竜の国へ

「ありがとう、エステルさん！」

　半ば突撃するかのように今年で十七歳になった自分よりわずかに年上の令嬢に抱きつかれたエステルは、ぐえっ、と淑女らしからぬ声を上げかけ、慌てて咳払いをして誤魔化した。

　自宅のクランツ伯爵邸でいつも通りに自室で絵を描いていたエステルは、お客様です、と侍女に呼ばれ首を傾げた。普通、人を訪ねる前には訪問伺いの連絡を入れるものだが、そんな約束などした覚えもなく、不審に思いつつも客間に足を踏み入れた途端の出来事である。

「突然の訪問を許してくださいね。貴女はあまり社交界には出ていらっしゃらないから……。でも、どうしてもお礼が言いたくて。貴女に肖像画を描いていただいたおかげで、とても素敵な方との婚約が決まりました。本当に感謝しかありません」

　抱きついてきた令嬢は身を離すと、幸せそうに微笑んでエステルの両手を握りしめてきた。

（ええと、栗色の髪と瞳に頬に薄くそばかすがある色白の方……。ああ、確か五か月くらい前に出た夜会の時に頼まれて、肖像画を描いた方だったはず）

　感謝されるのは嬉しいが、力強く握られすぎて痛い。嬉しさのお裾分けはこんなに痛いものだっただろうか。だが、喜んでいるところに水を差すのも申し訳ないので、ぐっとこらえてできるだけ上品に微笑んだ。

「おめでとうございます。でも、それはわたしの絵のおかげではなくて、ご自身の魅力ですよ。その一片でも表現できていたのなら、ご協力できて嬉しいです」

　ここしばらく、幾度となく繰り返してきた言葉を口にし、そっと手を引き抜いたエステルが椅子を勧めると、令嬢は腰を下ろすなり慈母のような笑みを浮かべて首を横に振った。

「謙遜をなさらないで。縁談を持ちかけられても、こちらから持ち込んでもなかなか決まらなくて、このまま行き遅れてしまうのかと恐ろしかったのに、貴女に肖像画を描いていただいた途端に一月も経たずにまとまったのですから。――『クランツ伯爵家のエステル嬢に肖像画を描いてもらうと良縁に恵まれる』という噂は事実だったのだと、実感しているんです！」

　どこか陶酔したような、信じ切った目で見据えてくる令嬢に、その向かいに座ったエステルは笑顔で硬まった。

（いやいやいや、ちょっとそこまで信じ込まれても困ります！　――ああ……、まさかこんなことになるなんて思わなかったわ）

　始まりは、数少ない友人の一人から知らない人物に見合い用の肖像画を描いてもらうのが苦手だ、という話を聞いたことだった。

　幼い頃から絵を描くことが趣味だったが、人物画は家族や屋敷の使用人以外は描いたことがなかった。それでも、それなら自分が描こうかとつい口にしてしまったのは、おそらく浮かれていたからだろう。

　ある事件の後から、一人ではあまり外出をさせてくれない過保護な両親が許可してくれた、久しぶりのお茶会だった。悩んでいる友人のためにできることがあるのならば、と浮き立った気分のままに提案したことが、こんな事態を呼び込むとは思ってもいなかったのだ。

「温和な人格者と評判の第三王子の婚約者。次の騎士団長と名高い近衛(このえ)隊長の婚約者、学識豊かな侯爵様の婚約者……。仲の悪かったお家同士のご子息とご令嬢との縁談がまとまったのは、貴女の絵のおかげだという噂を聞いた時には、信じられませんでしたけれども……」

　憧(あこが)れと、愁(うれ)いと、両方の表情を浮かべるのに忙しい令嬢を前に、エステルはどんどんと引きつっていく顔を取り繕うのに必死だった。

(第三王子とのお見合い用だって、知らなかったんです！　うまくいってほっとしたけれども、あれは冷や汗をかいたわ……。でも、その後に肖像画の依頼を受けたのもいけなかったのよね)

　友人の縁談は確かに良縁だったが、さすがに肖像画だけで婚約が決まるとは思えない。それでもエステルの噂がまことしやかに囁(ささや)かれ、さすがに表立って頼まれたことはないものの、請われて描いたそのことごとくの女性がそれなりに幸せな縁に巡り合ったと聞いた時には、唖然(あぜん)とした。と同時に少しだけ怖くなった。そしてそれは今現在でも継続中だ。

　期待に満ちた令嬢の目が、まっすぐにこちらを見据えてくるのにごくりと喉(のど)を鳴らす。

「それでね、エステルさん。私の知り合いの方のご友人のそのまたご友人のお姉さまが、肖像画を描いてもらえないかと仰(おっしゃ)っているのですけれども……。お願いできませんか？」

　エステルはほらきた、と内心で悲鳴を上げた。

（お断りします！　なんて言ったら、がっかりするわよね……。描きたいことは描きたいけれども、おかしな噂は困るし。それとも、仕事の依頼だと思って割り切ればいい？）

　ここまで噂が広まってしまっていては、もう後はなるようになれ、という投げやりな気分と、少しでも力になれるならそれもいいな、という献身的な気持ちの二つとしばらく戦っていたエステルだったが、やがて心を決めて口を開いた。

「わたしの絵でよければ――」

「ちょおっと待ったぁあああああ！」

　ふいにエステルの言葉を遮るように、高く澄んだ可愛(かわい)らしい声が響き渡ったかと思うと、客間の扉が吹っ飛んだ。とっさにそれからかばうように令嬢の肩を抱え込む。テーブルの上の茶器が激しく揺れて中身がこぼれた。

「大丈夫ですか？」

「え、ええ……」

　青ざめて呆然(ぼうぜん)としていた令嬢が怪我(けが)をしていないかと、さらに尋ねようとするよりも早く、背後から怒り心頭といった声が上がった。

「駄目よ！　受けちゃダメ！　そんなのを引き受けたら、またあたしとお買い物に行く時間が減っちゃうわ。絶対にだめ！」

　倒れた扉の上で、駄々っ子のように地団駄を踏んでいたのは、燃えるように赤い髪の美しい少女だった。しみ一つない白い肌に、小さな顔。ほっそりとした肢体は子供の域を出たばかり、といった年頃の少女だったが、どこか色香の漂う苛烈な印象を与える。その年齢にしてはありえない癇癪に、エステルは大きく嘆息した。

「……ちゃんと扉を開いて入ってきてください」

「扉？　開けたわよ。ほら」

　扉についていたはずの真鍮でできた取っ手だったものを自慢気に掲げた少女に、エステルは驚くよりもまたやったのか、と呆れ返って額を押さえた。少女が扉を開ける際に破壊するのは日常茶飯事だが、また家令が目を回すに違いない。

「そんなことより、あなた！　エステルはあなたの依頼を受ける暇なんかないの。そもそも描いてほしい本人が頼みに来るものでしょ。わかったら、さっさと帰りなさい」

　腰に手を当てた少女から居丈高に言い放たれた客人の令嬢は、驚愕に見開いていた目をすぐにきつく眇めた。華奢な少女が目の前で扉を壊したという事実を、理解するのを放棄したのか食ってかかる。

「扉を壊してしまうような不作法で名乗りもしない方の言葉など、聞く耳は持っていません。私はエステルさんとお話を――」

「あら嫌だ。あたしのことを知らないなんて、とんでもなく世間知らずなのね。ねえ、この屋敷が誰の屋敷なのかわかっていて、それを言うの？」

令嬢の言葉を赤い髪の少女が嘲笑めいた声音で遮る。どこか冷たい硬質な声に、エステルはすうっと背筋が冷えた。これは、少し危険だ。

「あのっ、この前薦めていただいたリボンをつけてみたんですよ。似合いますか？」

静かな怒りを湛える赤い髪の少女の注意を惹こうと、まったく別の話題を振りつつその袖をおそるおそる引っ張ってみたが、怒れる少女は見向きもせずに令嬢を見据えている。

「クランツ伯爵家よ。わかっている？　竜騎士の名門、クランツ伯爵家なの。この意味もわからないほどのお馬鹿さんじゃないわよねえ」

少女が少しだけ吊り上がり気味の目を一つ瞬くと、それまで真円だった濃い赤の虹彩がきゅっと縦に変化し、にんまりと微笑む唇の隙間から鋭い牙のような歯が覗く。

白く滑らかな肌が、瞬く間に硬そうな赤い鱗に覆われていくのに、ようやく誰を前にしているのか気づいた令嬢が、ひっと悲鳴を押し殺して、蒼白になった。

「――し、神竜、アルベルティーナ様……っ」

ゆらり、と窓が開いていないのにもかかわらず、アルベルティーナの髪が風に揺れる。生ぬるいその風に、ちらちらと炎が混じりだした。

（まずい！　屋敷が燃える！）

ざっと血の気が引いたエステルは大きく息を吸い込んで、廊下に向けて必死に叫んだ。

「叔父様――――！　貴方の主竜様が暴走寸前です!!」

＊＊＊

世界の中心には竜の国――通称【庭】がある。

天を突きさすような峻険な山々が連なるその場所は竜の棲み処とされ、その険しい山に囲まれた広大な土地を畏怖と畏敬の念を持った人間の国々がぐるりと取り囲んでいた。

長を頂点に頂き、長命で自然に干渉する力と多くの知識を持つとされ、人間たちからは神の化身と崇められているが、強すぎる力を有するが故にその力は周囲へ多大な被害を及ぼすこともあった。

被害を与えるということはいつか己の身を滅ぼしかねないということ。これでは【庭】の外へも簡単には出られない。そう考えた竜たちは力を特定の人間に分け与えることによって、周囲への影響を緩和し、力を操りやすくしたのである。

そうして生まれたのが、竜騎士だった。

竜騎士がいる国は竜の恩恵によって豊かになり、繁栄する。

そんな事実が判明するようになると、国々がこぞって竜騎士を抱えたがるようになるのは必然のことだった。

しかし竜は自由奔放で気難しく、気まぐれ。人間の浅はかな思考など簡単に読む。人間には弱き者として寛容で親愛の情を持つ竜が多いが、そう簡単に騎士を選ぶことはしない。

それでも、人に好かれやすい人がいるように、竜に好かれやすい人間、というのもいるのである。


【庭】の西に隣接する国、リンダールのクランツ伯爵家の血を引く人間は、竜から好かれやすい。

客人が謝罪もそこそこに飛ぶように帰った客間で、エステルは首に巻き付くアルベルティーナの細い腕にうっかりと絞め殺されるのでは、との不安に駆られていた。取っ手を壊したのだ。あながちその恐れは間違っていないと思う。代々竜騎士を多く輩出してきたクランツ伯爵家始まって以来の事態にはなりたくない。

「ははは っ、いや悪いな、エステル。俺の主竜様が客人を追い返して」

エステルの心配をよそに、そう言って向かいのソファに座って悪びれもせずに快活に笑う壮年の男性は、アルベルティーナと同じ真っ赤な髪に、赤い瞳をしていた。その色のせいなのか、年の割には精悍で若々しい印象を与える。

（いつ見ても綺麗な赤。本当にどうにかしてあの赤が絵で表現できないかしら……。竜から力を分けてもらった証に髪と目が染まるそうだし、やっぱりアルベルティーナ様から鱗を貰って顔料にするしかないの？）

エステルが頭の中で赤の表現方法を算段しつつ見惚れていると、男の言葉を受けたアルベルティーナがさも不満そうに口を尖らせた。

「追い返してなんかいないわよ、レオン。帰りなさいと言ったら自分で帰ったのよ」

「いや、竜にそう言われたら帰るしかなくなるだろう」

「だって、エステルが困っていたんだもの」

ぷっと可愛らしく頰を膨らませるアルベルティーナに、エステルは思わず苦笑した。

本来の姿は紅玉石のような鱗で覆われた綺麗な竜だが、人の姿はただ可愛いだけだ。

「そうなんです、レオン叔父様。ちょっと困っていたので、助かりました」

エステルの叔父、レオン・クランツはアルベルティーナの竜騎士だ。すでにその期間は二十年を超えているらしいが、だからといって竜に対してこう気安い態度を取る竜騎士は稀だった。

それが自分の竜騎士だとしても竜は人間を下位の存在と見ているので、こんな風に砕けたやり取りをすることは普通ありえないらしい。

（他の竜騎士を初めて見た時には主竜様に対してあまりにも堅苦しい態度だったから、すごく驚いたのよね。――それにしても、叔父様の態度を許しているのはともかく、竜騎士でもないわたしを可愛がってくれるのも、不思議なんだけれども）

基本、竜は好き嫌いがはっきりとしている。竜騎士と認めた人間の言葉以外はたとえ一国の王だとしてもあまり取り合わない。

「ほら、可愛いエステルが困っていたんだから、助けてあげるのは当然でしょ」

ぐりぐりと頬ずりをしてくるアルベルティーナにされるがままでいたエステルだったが、そっとその手に触れた。

「でも、わたしは困りませんけれども、アルベルティーナ様が他の人から怖がられるかもしれないのは嫌なので、あまり怖がらせるようなことは――。……ぐっ、アルベルティーナ様、ちょっ、首、絞まっています！」

ぎゅっと力を込めて抱きついてくるアルベルティーナの腕を、ぺちぺちと叩く。

「あたしを心配してくれるの？　うふふ、可愛い。――ねえ、エステル、やっぱりあたしの二人目の竜騎士にならない？」

竜騎士、という言葉を聞いて、期待と恐れにわずかに胸が震える。間近にあるアルベルティーナの顔を見ると、口元は弧を描いているのにその目は真剣だ。同時にどこか心配そうな視線に、エステルはゆっくりと目を細めた。

「――なれませんよ。わたしを竜騎士にしたら、満足に飛べませんし、面倒くさいですよ。レオン叔父様だけで十分じゃないですか」

「えぇー、レオンはそろそろ引退するとか言い出しかねないもの。竜騎士になったら、もう二度と怖い目には遭わないわよ。どこにいても守ってあげられるし。駄目？」

「はい。逆にご迷惑をおかけしてしまいますから」

竜の方から竜騎士にしたいと望まれることは少ない。だが、これぱかりはどんなに望まれても簡単には頷けない。

（理由を知っているアルベルティーナ様がそれでも望んでくれるのは、わたしを心配してくれているからだってわかってはいるけれども）

だからなおのこと、面倒ごとを押し付けたくはない。小首を傾げて窺ってくるアルベルティーナに心苦しくなりながらも、エステルはやんわりと首を横に振った。それでもなかなか腕を放さないアルベルティーナに、見兼ねたレオンがようやく自分の主竜の腕を引いた。

「ほら、アルベルティーナ、エステルを困らせるな。それに引退ってな、俺はまだそんな年じゃないぞ。歩けなくなるまでは続けるから安心しろ」

「いやだわあ……、あたしはよぼよぼのおじいさんを乗せる趣味はないんだけれども。移動手段代わりにしないでよね」

アルベルティーナは茶化したように言いながら唇を尖らせると、ようやく腕を解いてくれた。

そのことに身勝手ながら寂しく感じつつも、エステルは話題を変えようと、ことさら明るい声を出した。

「それにしても、叔父様、ずいぶんと早いお帰りですね。今日は城での会議が長引きそうとか言っていたのに。あと、お父様とユリウスはどうしたんですか？　一緒に出席していたはずですよね」

　去年竜騎士になったばかりの弟ユリウスは、国史以来最年少の十五歳で竜騎士となったのだが、なんでもそつなくこなし、見た目も性格も身内の贔屓目(ひいきめ)を抜いたとしても、誰にでも自慢できる弟だ。唯一の難点を除けば。

　エステルの疑問に、いつもはっきりと物を言うレオンにしては珍しく言いにくそうに口を開いた。

「いや……、その会議の中で出た話を聞いて、このせっかちな俺の主竜様が部屋を飛び出してな。ユリウスはその件で重臣たちと戦っていると思うぞ」

「戦っている？　え？　どういうことですか？」

　弟は一体何と戦っているというのだろう。わけがわからず聞き返すと、叔父は少しだけ迷うそぶりを見せたが、すぐに教えてくれた。

「そろそろ竜騎士候補を竜の国――【庭】に遣(や)る時期だろう。一年に一度の」

普段、【庭】に人が入ることはあまりない。竜が拒んでいる、というより【庭】を囲んでいる峻険な山々を越えるのに苦労するからだ。そして入国したとしても、そこは竜の世界。到底人が簡単に生きていける場所ではない。

だが、一年に一度、竜が集い、竜騎士を選ぶ期間が三か月の間設けられている。その時期だけは竜騎士の手助けによって簡単に入国することができるのだ。

「我が国、リンダールから出す今年の竜騎士候補者たちの中にエステル、お前の名前が入っていたんだ」

「――はい⁉　どういうことですか？　わたしは希望を出してはいないんですけれども」

驚愕に目を見開くと、叔父は苦笑して自分の頬をかいた。

「いやまあ、そうなんだがな。ほら、クランツ家の昔からのしきたりがあるだろう。『一生に一度は竜に試されてこい』とかいう」

「……ええ、はい。竜に認められてこそ一人前、でしたっけ……」

エステルはげんなりと頷いた。

一応、武門の家系だとはいえ、まるでどこかの格闘技の修行の最終仕上げのようなしきたりだ、と言いたくなる。なりたくない者にとってははた迷惑なしきたりだっただろう。

「あとは、単純に人数が足りなくてな。希望者はいても、あまりにも素質がないと竜を怒らせかねない。人数が少なくても竜たちは気にしないが、国の方が他国に対しての面子（めんつ）を気にしたらしい。それなら、まだ一度も行っていないエステル・クランツ嬢を入れてしまえ、と」

「入れてしまえって……、そんなに軽く決めてしまっても大丈夫なんですか!? わたしが竜騎士に選ばれる可能性は少ないと思いますけれども」

少ないなら少ないで無理に揃える必要はないではないか。国の面子よりも、竜への敬意はないのか、と言いたくなる。

「軽く、はないな。さすがにそこは考慮している。お前はクランツ家の娘だ。普通の淑女教育の他に、竜に対する知識を教えられ、鍛錬もさせられてきただろう。どんな理由があるにしろ、可能性が全くないわけじゃない」

予想外にも簡単な経緯に唖然としていると、叔父が宥めるようにエステルの肩を叩いてきた。

「一応、お前の両親に伺いは立てたらしいぞ。今年の竜騎士候補の世話役は俺だからな。叔父の俺が世話役なら丁度いい機会だから、と渋々頷いたらしい」

「それを今日の会議で知らされたのよ。そうしたら、大反対したユリウスが怒っちゃって、もう大変。だからレオンを連れて飛び出してきちゃった」

座っている叔父の肩にのしかかって無邪気に笑うアルベルティーナだったが、文字通り突き破る勢いで飛び出してきたのだろう。おそらく城の窓がだいぶ風通しのいいことになっているに違いない。それに自分が関わっているのかと思うと、申し訳ない気持ちになってくる。

「わたしが夜会に出るのも心配するお父様たちがよく許しましたね……。あ、だからアルベルティーナ様は、急にご自分の竜騎士にとわたしを勧誘してきたのですか？」

「そうよ。あたしの竜騎士になれば行かなくて済むし。【庭】へ行ったら、あっちこっちに竜がいるんだもの。エステルはあたしなんかそっちのけで絵を描きまくるでしょ。そんなのはつまらないわ」

「絵……」

そうだ。アルベルティーナの言う通り、【庭】に行けば竜が沢山いるのだ。竜の国なのだから。

（――あの幻の銀の竜にも会えるかもしれない！）

高揚に胸が高鳴る。

幼い頃にただ一度だけ見て描きたいと切望した、あの銀色の竜に間近で会えるかもしれない。あれから叔父に銀の竜の正体を聞いたが、口を濁して詳しいことは教えてくれなかった。アルベルティーナでさえも「関わらないほうがいいわよ」と苦笑いをして答えてはくれなかったのだ。逆に好奇心が募る。

「どうする？　我が国の竜騎士は俺とユリウスの他にも数人いる。国が荒れて困っているわけでもない。竜への失礼にあたるから、行きたくなければ行かなくてもいい。そこは俺が何とかしてやる。あとはお前の気持ち次第だ」

頼もしい叔父の言葉に、エステルはまっすぐにその真剣な表情を見据えた。その叔父にべったりとくっついているアルベルティーナもまた、答えを待つようにこちらを見つめている。

（竜騎士に、なりたくないわけじゃない）

可能性は少ないと自分で口にしていても、叔父の言った通り諦めきれずに勉強や鍛錬をしてきたくらいだ。

【庭】に行けるものなら、行ってみたい。アルベルティーナが叔父を選んだように、自分もまた竜に選ばれることを子供の頃に夢見た。だが、たとえ竜に選ばれたとしても、今の自分が満足に竜騎士として務められるとは到底思えない。

（でも、こんな機会は二度とないかも。あの過保護なお父様たちが、行くのを許してくれたのよ。竜騎士になれたらお父様たちも安心するし、もしかしたら、あれを克服できるかもしれない）

ぐっと拳を握りしめると、叔父はエステルの表情で答えを察したようだった。口端を持ち上げてにやりと笑う叔父に、決意を込めて頷く。そうしてアルベルティーナに目をやった。

「先に謝ります。アルベルティーナ様の申し出を断ったのにすみません」

「いいのよ。時々あたしと遊んでくれるのなら、どっちでもいいわ」

快く許してくれたアルベルティーナに一度頭を下げて、すぐさま叔父に向き直る。少しだけ緊張しつつ、大きく口を開く。

「――行きます。【庭】へ。よろしくお願いします」

「ま、お前自身の問題はともかく、竜に選ばれることの方が少ないからな。お前の父親も竜騎士じゃないし、あまり気負う必要はないぞ」

確かに毎年竜騎士候補を送ってはいても、一人も竜騎士に選ばれなかった、ということなどざらにある。

「そうですよね。綺麗なものを好む竜の方々に地味なわたしが選ばれるとは思えませんから。それならそれで竜の観察がし放題――」

どことなくほっとして、冗談めかした言葉を口にしかけたエステルは、唐突にがたがたと大きく揺れだした窓に、はっとしてそちらを見た。

「おおっと、嵐（あらし）が帰ってきたか」

「いやだ。まだ怒っているわ」

叔父とアルベルティーナの呑気（のんき）な声を背に、慌てて窓に駆け寄ったエステルは、突風に揺れる窓を開け放って身を乗り出した。途端に、初夏の爽（さわ）やかな風が身を包む。

「こっちに降りたら駄目よ、ユリウス！　セバスティアン様もユリウスのお願いを聞かなくていいですから!!」

必死に呼びかけた先の空には、今にも庭師が丹精込めて整えた庭に降りようとする若葉色の竜の姿があった。その背に乗っていた人物が、二階の屋根よりも高い位置から飛び降りる。そのまま地面に叩きつけられるかと思いきや、緩やかな風に乗るように軽く庭に降り立った。そうしてすぐさまこちらに駆け寄ってくる。

　無駄な筋肉など一切ない、しなやかな体躯のどこか牡鹿を思わせる少年だった。普段は笑うと爽やかな印象を抱くのだが、その澄んだ翡翠色の瞳は今は怒りを湛えてぎらぎらとしている。人にはありえない、瑞々しい若葉色の髪を逆立てるような勢いで駆けてくる少年に、エステルは眉を顰めた。

「ちょっとユリウス、いくら怒っていても庭から――」

「【庭】になんか行かなくていいから。箱入り令嬢だなんて揶揄する奴らは、俺が黙らせる」

　クランツ伯爵家の箱入り令嬢。そう噂されるのは、おそらく過保護な両親だけではなく、この弟も一役買っているせいだろう。

　エステルの肩を窓越しに両手で掴んだ弟が開口一番言い放った言葉に、エステルは複雑な思いとともに小さく嘆息した。

＊＊＊

うっそうとした夜の森から、不気味な風の音がエステルの耳に届いていた。

ぶらぶらと揺れる足元には地面がなく、真っ暗な闇が支配している谷底は、まるで底なし沼のようで、悲鳴を凍り付かせる。

涙さえも恐怖で止まってしまうとは思わなかった。

（ついさっきまで、ユリウスと眠っていたはずなのに）

春の嵐に強く揺れる窓や外の木々のざわめきを恐れ、七歳になったから一人で寝ると宣言をしたのを撤回し、ユリウスの部屋で一緒に眠っていたのだ。そこを侵入してきた見知らぬ男に連れ去られた。

そこからどうやってこんな山奥まで連れてこられたのかはよくわからない。気づいた時には崖から落とされていた。

運よく掴まることができた枝を握る手の感覚はもうあまりない。子供の力では限界がきていた。

身動きする度に、みしり、と枝が鳴る。――と、大きく枝がしなって、がくん、と体が下がった。

（いや、いや、いや落ちる――――っ!!）

「……――っ!!」

がばっと身を起こすと、驚いたようにこちらを見る弟ユリウスと、ほっそりとしたどこか儚げな印象の青年の顔があった。

青年の丸くなった翡翠色の目は縦に虹彩が走った竜眼で、ふわふわとした手触りのよさそうな髪は弟と同じ透き通るような若葉色だ。明らかに男性であるはずなのに、女性のエステルでさえも思わず手助けをしてしまいたくなるような清廉な美貌を湛えている。

アルベルティーナがそうであるように、竜が人の姿になった時には体のどこかに竜の特徴が出る。初夏の緑を思わせるその髪色と同じ若葉色の鱗が青年の首を覆いつくしていたが、エステルがぱちりと目を瞬くと感情の波が引くように数枚を残して消えた。

脳裏に浮かんだのは、ユリウスを背に乗せて飛ぶ若葉色の竜の姿。

「ユリウス……、とセバスティアン様……」

弟とその主竜が人となった時の姿である青年の名を、呆然と呟く。

どこにいるのか一瞬よくわからなかったが、黄色味がかった白い天幕の中にいるのに気づき、ほっとしてゆるゆると息を吐き出す。

(今のは、子供の頃の夢……。ああ、そうだ、【庭】への入国を待っているんだったわ)

竜騎士候補に選ばれたと知らされたあの日から、ほぼひと月が経っていた。今はリンダールと【庭】の国境に張られた天幕で入国許可を待っているところだったが、その間にここしばらく緊張でよく眠れなかったというのに、いつの間にか眠ってしまっていたらしい。

「驚いたよ、急に飛び起きるから。……もしかしてまた誘拐された時の夢を見た？」

心配そうにユリウスが顔を覗き込んでくる。

エステルが【庭】へ行くのを猛反対していた弟は、両親との大喧嘩の末、仲裁に入った叔父に宥められ折衷案として国境までついてきたのだ。

（これじゃ、どっちが年上なのかわからないわよね……）

エステルは苦笑いをして首を横に振った。

「ううん。ちょっと食事を食べ損ねる夢を見たのよ」

少しだけ疑わしそうにじっとこちらを見つめたユリウスは、察してはいるだろうにすぐ嘘に乗ってくれた。

「――……。セバスティアン様じゃないんだから、そんな食い意地が張った夢を見ないでよ」

「えっ、僕はそこまで食い意地が張っていないよ」

「せめて今手に持っている焼き菓子を置いてからそれを言ってくれますか」

焼き菓子のくずを口の端につけたまま、心外だ、とでも言うように驚くセバスティアンと、呆れたように嘆息するユリウスのいつものやり取りを見て、エステルは追及されなくなったことに安堵した。

（やっぱりユリウスはわたしが外に出ると、お父様たち以上にぴりぴりしているわよね……）

七歳の誕生日を迎えてすぐに、エステルは騒動に巻き込まれた。

竜騎士を多く輩出し、繁栄を続けていたクランツ家を妬んだ政敵に誘拐されたのだ。その際の恐怖で一時は引きこもり状態にまで陥った。

その時、たまたま手洗いに起きたユリウスは部屋にいなかったのだ。

(別にユリウスが責任を感じることはないのに)

もしかしたら、二人とも拐かされていたかもしれないのだから、自分一人だけでよかったと思っている。

ふっと息を吐いたエステルは、おもむろに立ち上がった。

「少し散歩をしてくるわね」

「俺も行くよ」

「一人で大丈夫よ。竜騎士候補の方たちとその関係者だけだから、危なくないわ。セバスティアン様もまだ食べ足りなさそうだし」

当然のようについてこようとする弟を笑顔で制して、荷物からスケッチブックと木炭を取り出し、さっさと天幕から出る。抗議の声が聞こえた気がしたが、追いかけてくる様子はなかった。それに安堵してしまったことに、後ろめたくなりながらも外を見回す。

樹海を切り開いて作られた広場にいくつも張られた天幕の間を通り抜け、開けた場所に出ると、箱馬車のような物が置かれているのが見えた。馬はつながれておらず、窓もなく外が見え

ない仕様になっている頑丈な造りの物で、数人の男性が整備をしているようだった。

(あれに乗って、山を越えるのよね……。こんなに重そうな物が持ち上がるの？　本当に大丈夫なの？)

不安げに箱馬車もどきの向こうを見上げる。空を覆う壁のように峻険な山々の稜線が続いているが、一部だけ極端に低くなっている山があった。そこがいくつかある【庭】の入り口のうちの一つだが、いくら低いとはいえ反り返るような山肌は到底人の足では登ることができない。

そのため、竜が箱馬車もどきを持ち上げ飛んで山越えをするらしい。

『――すごく不安そうだけれども、心配はいらないわよ。任せといて。ちょおっと揺れるかもしれないけど、絶対に落とさないから』

ふいに聞き覚えのある軽やかな声がしたかと思うと、上空から悠然と降りてきた赤い竜が、上機嫌でエステルのすぐ傍に下り立った。

「アルベルティーナ様！　お帰りなさい。――撫でてもいいですか!?　お願いします、撫でさせてください!!」

日の光に反射して紅玉石のように輝く華やかな竜に、エステルが満面の笑みを浮かべて半ば詰め寄るように近づくと、アルベルティーナは喉の奥で笑い、その顔をそっと寄せてくれた。

『いいわよ。こっちの姿が本当に好きねえ』

「こんなに綺麗な姿はないと思います！　力強いのに優雅で、高貴で。見た目は硬そうなのに、意外としなやかな鱗とか。あとはこの爪！　どんな宝石よりも綺麗じゃないですか」

本来の竜の姿は屋敷ではほとんど見かけない。本人曰く、人の国にいるのなら、小回りがきく人の姿の方が楽なのだそうだ。

（家の裏庭に降りた時にも、すぐに人の姿になってしまうから、こんなに間近ではなかなか見られないのよね。しっかり堪能……ううん、観察をしないと！）

アルベルティーナが許可してくれたのをいいことに、頬ずりをする勢いでうっとりと喉や首を撫でていると、後ろから笑いを押し殺したような声をかけられた。

「エステル、そのくらいにしておけ。他の候補者が唖然としているぞ」

「お、叔父様っ。すみません……、ちょっと興奮しすぎました」

はっと我に返ると、叔父の背後に集まってきていた竜騎士候補たちが、目を見開いてこちらを凝視していた。男性三人の女性一人。エステルを含めるとリンダールからは五人の竜騎士候補が向かうことになっている。

エステルは赤くなって、持っていたスケッチブックで顔を隠すようにそそくさとアルベルティーナから離れた。

（ここはクランツ家の屋敷じゃないんだから、少し人目を気にしないと……）

普通は他人の竜にここまでべたべたと無遠慮に触れない。アルベルティーナだから許してくれるのだと、叔父から口を酸っぱくして言われているのをつい忘れてしまっていた。事実、ユリウスの主竜のセバスティアンは気さくで会話も普通にしてくれるが、絶対に触らせてはくれない。

慌ててエステルが下がると、アルベルティーナは機嫌がよさそうに尾を数度ゆるりと振って、羽を伸ばした。

『うふふ……、久しぶりに撫でられるとくすぐったいわあ。あ、レオン、許可が下りたわよ。向こうの準備も整っているわ。ぞくぞくとみんなが集まってきているわよ』

【庭】との連絡役として向こう側に赴いていたアルベルティーナが自分の竜騎士に告げると、叔父は労うように主竜の首を叩いた。

「それはいいな。圧巻の光景が見られる」

快活に笑った叔父が、入国の指示を出すのを眺めながら、エステルは抱えていたスケッチブックを強く握りしめた。

(いよいよ入国……。よ、よし、心の準備は整った。外も見えないし、アルベルティーナ様が心配はいらないって言ってくれたんだから、余計な不安を抱かない。うん、大丈夫、大丈夫――あとは野となれ山となれよ!)

もう、後は運んでくれる竜たちを信じるしかない。

エステルが覚悟を決めるように山の頂上を見上げていると、ふいにその肩に背後から手を置かれた。

「心の準備はできたかい？」

少し驚き、しかし覚えのある声にそろそろと振り返ったエステルは、予想通りにそこにいた人物に思わず唇の端を引きつらせた。

「お、お父様⁉　どうしてここにいるんですか。――え、お母様まで……」

叔父のレオンよりも少しだけ年嵩に見えるがっしりとした体格の騎士然とした男性は、エステルと目が合うと、実に爽やかな笑みを浮かべた。

「貴女の見送りに来たのですよ。ユリウスの言うことをよく聞きなさいね」

父の後ろから姿を現した母が、おっとりとユリウスとよく似た目元を細めた。その両親の後ろで、苦笑いをする叔父の姿を見つけ、恨みがましげな視線を送る。

家族が国境まで見送りに来ることはない。自邸か、もしくは出発式をしたリンダールの王城までだ。おそらく叔父は両親がやってくることを知っていて、黙っていたに違いない。

「子供じゃないんですから、そんな言い方はやめて――。ん？　ちょっと待ってください。今、ユリウスって言いました？　叔父様の名前と間違えていませんか？」

いないはずの両親が現れた驚きにうっかり流しそうになったが、聞き捨てならない言葉を母が口にした気がする。

「――間違えてはいないよ。俺も一緒に【庭】に行くから」

ふいに両親の背後から爽やかに笑うユリウスが割り込んできた。その頭上からぬっと若葉色の竜が首を伸ばしエステルの顔を覗き込んでくる。理解したくない言葉に、エステルは大きく目を見開いたまま思考を停止させた。

『僕も【庭】に里帰りしたいから、一緒に行ってもいいよね、エステル。――楽しみだなぁ、久しぶりの故郷のご飯だぁ』

うきうきと嬉しそうに尾を揺らすセバスティアンに、エステルは内心で頭を抱えた。

（セバスティアン様に駄目押しをされたら、拒否できないじゃない……。どこの国に、竜騎士の選定に弟が付き添ってくる竜騎士候補がいるのよ！　いくらなんでも、過保護すぎるでしょ……っ）

竜騎士に選ばれるとは思わないが、仮に選ばれたとしても竜騎士になることを弟に邪魔される未来が確実に見える。

暗雲が立ち込めてきた竜騎士の選定に、エステルは緊張感も忘れて思わず空を振り仰いだ。

＊＊＊

ぐらぐらと揺れているような気がする地面に、エステルは生まれたばかりの子馬のようにへっぴり腰で降り立った。その両肩をユリウスと叔父に支えられているという、なんとも情けない有様に、顔を覆いたくなるが、それどころではなかった。

「……気持ち悪い……」

空を飛んで運ばれる、という緊張感から解放されたせいなのか、それとも単純に酔ったのか、箱馬車もどきから降りた途端に襲ってきた吐き気と戦っていると、右側を支えてくれている叔父が苦笑した。

「叫び出さなかっただけ、偉いぞ」

「呪文(じゅもん)みたいに何かぶつぶつ言いながら、半分意識を飛ばしていたけどね。やっぱり一緒に乗ってよかったよ」

セバスティアンには乗らずに同乗してくれたユリウスから、だから言ったのに、とでも言いたげな視線を向けられたが、言い返す気にもなれなかった。

（あんなに揺れるなんて思わなかった……）

地面に敷かれた布の上に座り込んだエステルは、ぼんやりと前方に目をやった。気分が悪くなったのはエステルばかりではなかったらしい。傍を離れた叔父が他にもぐったりとしている何人かに声をかけているのが見えて、妙な同族意識が芽生えてしまう。

（やっぱり、慣れていないと怖いわよね……。うん、わかる。あのゆらゆら心もとない感じとか、絶対落ちないとは言い切れないんじゃないか、とか。外に飛び出したくなる強迫観念とか）

飛んでいる間のことを思い出して、遠い目になっていると、ふいに目の前に水がなみなみと注がれたゴブレットが差し出された。

「ご気分が悪そうですね。飲めるなら、どうぞ」

「……ありがとうございます……」

誰が差し出しているのかよく確認せずに、それでも心底感謝しつつ受け取ったエステルは、ふと視線を上げて目を見開いた。

腰まである長い黒髪を緩く編んだ青年が、穏やかな笑みを浮かべてそこに立っていた。右目につけられた片眼鏡（めがね）が知的な印象を与える青年だったが、今回の候補者たちや箱馬車を整備していた人々の中にはいなかったはずだ。ぱっと見て華やかな顔立ちではないのに、なぜか目が惹きつけられてしまう独特な雰囲気を持っている。傍らのユリウスが小さく息を飲んだ。

「貴方は……クリストフェル様！　お久しぶりです。昨年はお世話になりました。今回も貴方が竜の方々側の世話役なのですか？」

「ええ。私は当分竜騎士を選ぶつもりはありませんからね。面倒ごとは彼の方で慣れておりますから、他の竜の世話など可愛いものです。セバスティアン殿とはうまくやれていますか？」

おっとりと返してくる黒髪の青年に、エステルは渡されたゴブレットを握りしめて緊張に身を強張（こわば）らせた。

（この方は……話の流れからすると――竜？　【庭】は竜の国なんだから、本来の竜の姿で出てくるものだと思っていたわ……）

どうも違うらしい。ちらほらと見覚えのない人々が周囲で介抱している姿が見えるが、あれは全て竜なのかもしれない。

わくわくするような高揚と、本来の竜の姿を見ることができないという少しだけ残念な気持ちを抱えつつ、会話の邪魔をしないように黙って控えていると、しばらくしてクリストフェルと呼ばれた黒髪の青年がこちらに興味深そうな視線を向けてきた。

「こちらは……――ああ、貴方の血縁者なのですね。香りが似ています」

竜の鋭い嗅覚を発揮したのか、すん、と鼻を鳴らしたクリストフェルに、エステルは慌てて居住まいを正して頭を下げた。

「座ったままで申し訳ございません。ユリウスがお世話になりました。姉のエステルと申します。不束者ですが、よろしくお願い致します」

「不束者、って……嫁ぐんじゃないんだから……」

ユリウスの突っ込みにも言い返すことなく緊張して頭を下げていると、クリストフェルは顔を上げるように言ってくれた。

「はい、お願いされました。何か困ったことがあれば、いつでも私にどうぞ。――本来の姿ではなくてがっかりされていたようですが、上に貴女方に興味津々の者たちが集まってきていますから、ご覧になられては？」

クリストフェルが微笑みながら片方の手の平を上に向ける。それにつられて空を見たエステルは、思わず歓声を上げそうになって慌てて口を噤んだ。

何頭もの竜が空を縦横無尽に飛んでいた。

誰が建てたものなのか、三つの塔を持つ要塞のような灰色の城を背景に、赤や緑といったエステルには見慣れた体色の他に、黒や黄、青といったありとあらゆる色の竜がまるで花吹雪のように舞う様は、空に花園が広がっているかのように鮮やかだ。

「銀の竜はいないのね……」

無意識のうちに銀色の竜を探していたが、どこにも見つけることはできずに落胆する。それでも視線は空に釘付けだ。

「銀の竜？」

クリストフェルが不審そうに小さく呟いたのにも気づかずに、あまりにも幻想的な光景を、はしたなくも口を半開きにして陶酔したように空を見上げていたエステルは、はっと我に返って、自分の荷物を探すように周囲に目を走らせた。

(紙！　今、ここに紙とペンが欲しい！　叔父様が圧巻だって言うはずだわ。想像以上にすごい……。これは描かなくちゃ！　ああああっ、来てよかった!!　できれば竜の鱗で色をつけられないかしら。落ちているのを拾って持って帰ったら、怒られたりする？　許可を貰うにはどうしたらいいのか……)

未だに体に力が入らなかったが、歓喜に突き動かされて荷物の置き場所まで這ってでも行こうとすると、同じく空に魅入っていたユリウスがそれに気づいて、慌てて襟首を掴んできた。

「ちょっと、何をやっているのさ。仮にも伯爵令嬢が地面を這って移動するなんて、やめてくれない⁉」

「離してユリウス。紙がわたしを呼んでいるの。この手が描けと言っているのよ。今なら傑作が描けそうな気がする。あと、鱗が落ちていないかと思って」

「呼んでないし、言ってないから。ちょっと落ち着こう。恐怖と歓喜の落差がありすぎて、頭の整理ができていないんだよ」

「ま、待って、吐く。揺らさないで、吐くから……っ」

顔を引きつらせたユリウスに、がくがくと肩を持って揺さぶられて、エステルは顔面蒼白になった。入国するなり醜態をさらしたくはない。

「楽しい姉君ですね」

ぎゃあぎゃあと姉弟二人で騒いでいると、くすくすと笑う声が耳に届いて、エステルはようやくクリストフェルの存在を思い出して青くなった。

「お、お見苦しいところを……」

身をすくませて、頭を下げる。竜の大群を見たからとはいえ、いくらなんでもさっきのはない。国境で気をつけないと、と自分自身に言い聞かせたばかりではないか。

「いいえ、お気になさらず。他の方々も落ち着いたようですから、そろそろ【塔】の中へ招待しますね。──ああ、エステル。鱗を見つけて拾ったら、私の元に持ってきなさい。こちらで持ち主の竜に確認をして問題がなければ、持って帰ってもいいですから。そうでないと、命の保証はできかねますので」

クリストフェルが微笑みつつ口にした言葉に、エステルはぎくりとして表情を強張らせた。

(や、やっぱり勝手に鱗を持って帰ったら、怒られるだけじゃ済まないところだった……)

エステルはユリウスが目を眇めてこちらを睨み据えてくるのに愛想笑いを返しながら、踵を返すクリストフェルの背中を恐々と見つめた。

＊＊＊

「──若葉色の髪……。あれが、セバスティアン様とリンダールのユリウス・クランツ殿か？」

「竜騎士の名門クランツ伯爵家の最年少竜騎士、と話題になったご子息ですか？　竜騎士が逃げ出すほど気難しい、と噂されていたセバスティアン様に認められたという」

「あちらの赤い髪のお二方が叔父君のレオン殿とアルベルティーナ様ですのね。さすが長く竜騎士をお務めになられている方は威厳がおありですわ」

「そういえば今回、クランツ家の箱入り令嬢が来ているんじゃなかったか？」

　案内された塔の広間にエステルたちが足を踏み入れると、先に到着していた他国の竜騎士候補らしき人々の間からそんな声が聞こえてきたが、エステルはそんなことは気にも留めず塔の中を観察するのに夢中だった。

【塔】というのは、人間の国で言う【城】と同じだという。

　クリストフェルによって招き入れられた三つの尖塔を持つ要塞城のような塔の中は、エステルが何度か登城したことがある自国の城とほとんど変わりがないように見える。

「竜の国なのに、扉とか窓は人間の大きさに合わせてあるのね。バルコニーは広そうだけれども。竜騎士候補が使う場所だからなの？」

　叔父が他国の世話役の竜騎士から挨拶を受けているのを少し離れた場所で待ちながら、好奇心に満ちた目で見回す。傍らというよりも、なぜかエステルのほぼ前に立っていたユリウスが肩越しにこちらを見やった。

「塔は人と竜をつなぐ窓口みたいなものだからね。竜騎士選定の間だけは長も竜たちもここにいるけれども、竜騎士候補が自由に動き回っていいのは基本的に【塔】だけだから、竜の大きさには合わせていないそうだよ。個々の竜の棲み処はその竜の好みでまちまちらしいけど」

「竜の棲み処！　見てみたいけれども……。招かれない限り、無理よね？」

【庭】の大半を覆う樹海に点在しているということは知っているが、実際にどんなものなのか語られることは少ない。

「うん、無理。棲み処を知られるのを嫌がるのは知っているよね。殺されてもおかしくないから、勝手に探し回らないでよ。どうせ辿り着けないとは思うけれども」

ふん、と小馬鹿にしたように鼻を鳴らしたユリウスにむっとするも、すぐに嘆息した。腹は立つが、ユリウスがこう言うということは、おそらくは竜が飛んでいかないと辿り着けない場所か距離にでもあるのだろう。

小さく息を吐いたエステルは、そこでようやく周囲の視線がちらちらとこちらに突き刺さってくるのに気づいた。興味深げなものから、敵意を感じるものまで、様々な思惑が混じった視線を遮るように弟がエステルの前に立っていたことにも気づき、胡乱げな視線を向ける。

「ねえ、ユリウス、貴方もしかして他国の方々を威嚇していない？」

「威嚇じゃなくて、牽制だから。他国の竜騎士候補にとっては、うちの国の候補……特にエステルは目障りだろうし」

「――それは……」

ユリウスの言わんとしていることに、思わず言葉を詰まらせる。

クリストフェルによると、これからこの広間で竜騎士を探している竜との初顔合わせを兼ねた歓迎の宴（うたげ）があるらしい。エステルたちリンダールの一行が塔に招き入れられた後も、他国の竜騎士候補の一行が次々と到着している。それらを横目で見つつ、ユリウスは目を細めた。

「竜騎士候補は一国につき、五、六人くらい。それでも誰一人として竜騎士に選ばれることがない年もある。下手（へた）をすれば数年間。なぜか竜に選ばれやすいクランツ伯爵家の令嬢なんて、特に脱落してほしいよね」

ふと思い出した誘拐された時のあの恐ろしい記憶に、エステルはぐっと拳を握りしめた。竜に関わる諍（いさか）いは珍しいことではないのだ。それだけ、どの国も竜の力を欲している。

「でも、【庭】で他人を傷つけるような真似（まね）をしたら、なおさら選ばれないと思うけれども」

「竜騎士になるつもりがない候補者がいるかもしれないよ。従者は連れてこられないから。その代わりに、とかね」

竜騎士以外で【庭】に滞在できる人間は、候補者のみとなっている。身の回りの世話をするような従者は連れてこられない。食事も食材は用意されるが、自分たちで調理しなければならない。自分の身支度さえもできないような候補者はいらないのだ。ちなみにエステルも身の回りのことは一通りできるし、最低限の料理なら作れる。ただ、そういった抜け道もあるのだと指摘されて、エステルは唇を引き結んだ。

「だからこれ以上、リンダールに竜の力を持たせたくないだろうし、俺の傍から離れないでよ。

傍にいれば『セバスティアンの竜騎士の連れ』に不用意に接してくる人間や――竜はいないから」

弟の自信に満ちた言葉に、エステルは眉を顰めた。

「竜が寄ってこないのは困るわよ……。でも、本当に失礼かもしれないけれども、セバスティアン様ってそんなに力の強い竜なの？」

常々思っていたことを小声で問いかけながら、ユリウスの傍を離れて、今日だけは竜側で用意したという軽食が並べられた壁際のテーブルで、忙しく動き回っているセバスティアンを見やる。その姿はとてもではないが強そうには見えない。

「強いよ。一番強い竜の長から数えて三、四番目くらいだから。呑気な性格だから、そうは見えないかもしれないけれども。竜は力の強い者には逆らわない。アルベルティーナ様もあまり近寄らないじゃないか」

竜は一番強い力を持つ者でないと長とは認めない。竜の序列は力の強さがものを言う。ユリウスの言っていることは本当なのだろうが、何となく納得できずにいると、そこへ上機嫌な様子のセバスティアンが戻ってきた。

「ユリウスは何も食べないの？　あっちに沢山用意されているよ」

「……その肉の山を見ただけで満腹なので、遠慮します」

片手に山積みにされた肉の皿を持ち、頬袋に目いっぱい詰め込んだリスのような頬をしたセバスティアンに、ユリウスがげんなりと首を横に振る。

「えぇ……美味しいのに。あっ、あれまだ食べてなかった。ユリウスがいらないのなら、エステルに持ってきてあげるね」

「ええと、あのわたしも――」

やはりあまり食欲が湧かないエステルが断ろうとするよりも早く、楽し気な足取りで再び軽食のテーブルの方へ行ってしまうセバスティアンに、ユリウスが諦めきったように額を片手で押さえた。

「あれが俺の竜。あの食い意地の張った竜が俺の主。よりにもよってどうしてあんなのが強いんだ……」

竜にとっては人間の食事はほぼ嗜好品だそうだ。水と空気さえあれば、それに混じる自然の生命力を取り込んで十分に生きられるらしい。物を食べるのは、弱った体を回復させる際には有効な手段だとも聞いたが。

「でも、ユリウスじゃないとセバスティアン様の面倒を見られないと思うけれども。それに、ユリウスの方から竜騎士にどうか、って売り込んだんでしょ？　セバスティアン様から押し切られたって聞いたわ」

「っ――それは、わかっているよ。だからなおさら腹が立つんじゃないか。……って、言っている傍からあの主竜様は！」

デザートを持ってくる給仕に歓声を上げて駆け寄るなり転んで突っ込んだセバスティアンを見たユリウスが、肩を怒らせてつかつかと歩み寄っていく。その後ろ姿を追いかけながら、エステルは苦笑した。

(何だかんだ文句を言いつつも、面倒くさいとは言わないのよね。――ちょっと羨ましい……。

「わたしの竜」とか、言ってみたい言葉よね)

自由気ままな竜に対してついつい世話を焼いてしまうのは、クランツ家の気質なのかもしれない。叔父もアルベルティーナの可愛らしいわがままには、面白がって付き合ってやっていることが多い。

(そういえば、銀の竜は竜騎士を探していないのかしら……。さっきも空を飛んでいなかったし……。もう竜騎士はいるからいらない、とか)

そうだとしたら、その選ばれた竜騎士が羨ましくて仕方がない。

考えごとをしていたせいで、ユリウスとの距離が開いてしまった時だった。ぐい、と唐突に肩を強く掴まれた。

「痛……っ。何を――っ!?」

驚いて手を振り払いかけてそちらを見ると、どこかやんちゃそうな印象の茶色の髪の青年がそこに立っていた。エステルよりも一つ二つ年上に見える青年の好奇心に満ち溢れた目は、よくよく見れば瞳孔が縦――竜の瞳だった。その片頬は土塊のような鱗に覆われている。

ざわり、と周囲がどよめき、息を飲む様子が伝わってくる。エステルもまた緊張に身を強張らせて引きはがしかけた手をそっと引いた。いつのまに竜が混じっていたのだろう。

「なあ、お前。セバスティアンの二人目の竜騎士になるのか？」

「えっ、いいえ。その予定はありません」

挨拶も何もなくあまりにも唐突な質問に、慌てて首を横に振ると、青年はふうん、と言ったきり、じっとこちらを観察してきた。

（な、なんか値踏みされている？　ええと、とりあえず何か質問されるまでは、黙っていた方がいいのよね）

どういう表情をしていいのか困り、冷や汗をかきつつも真顔で立ち尽くしてしまっていると、ふいに目の前に立った青年竜の顔をぐいと押しやる細い手があった。

「あまりじろじろと見たら怯(おび)えさせてしまってよ。これだから初めて騎士を選ぶ若い雄は駄目ね」

「んだと、ばばあ」

「お口が悪い子は、騎士選びから追い出されるわよ」

「いでででっ!!」

綺麗に伸ばされた鋭い爪を持った指で、青年竜の頬を赤くなるほどつねったのは、妙齢の淑女だ。その繊手(せんしゅ)は薄水色の氷のような鱗で覆われている。鱗と同じ水色の髪は毛先にいくにつれて濃い青になっていた。こちらも、明らかに竜だ。

「うわ……綺麗な方。竜の姿に戻ったら、もっと綺麗に違いないわよね。見てみたい……」

ついうっかりと心の声をこぼしてしまい、エステルは慌てて口を噤んだが、竜の淑女は一度ぱちりと目を瞬くと、すぐに嬉しそうに淡い紅色の唇を綻ばせた。

「まあ、ありがとう。人の姿を称賛されるのはいつものことだけれども、見てもいない竜の姿を褒められたのは初めてよ。――そうね、いらっしゃいな。本来の姿を見せてあげるわ。素直で可愛らしい子が欲しいのよ。竜騎士にできるか様子見をしてあげてもよくてよ」

たおやかな仕草ながらも、あらがえない力で腕を引っ張られて、エステルは半ば引きずられるように歩き出しかけた。

（竜は近づいてこない、ってユリウスが言っていたはずよね!? それとも、少し離れたから？）

その場で踏ん張るのも竜の怒りを買いそうで、よろめきつつも足を動かす。

「ちょっと待て。俺の方が先に目を付けたんだぞ」

青年竜が怒ったように声を上げた。それとほぼ同時に、まるで地震のようにぐらぐらと床が揺れだした。周囲の人々が驚きの声を上げて身構えているのが見える。青年竜の怒りに、竜の淑女がすっとまなじりをきつくした。掴まれた腕にその鋭い爪が食い込んで少し痛い。

「貴方はこの子がセバスティアン殿の竜騎士といたから、気になっただけでしょう。その程度の力で私に敵うと思っていますの？」

竜の淑女の周りをくるくると水の流れが回り始めた。ゆらりとその青い髪が生き物のように揺れる。

（嘘……、ここで争い始めるの？）

言い争いからの竜の力と力のぶつかり合いになりそうな気配に、こちらに注目していた候補者たちが恐れて後ずさっていく。エステルは慌てて手を挙げた。

これだけは伝えておかなくてはならない。後から口にして、怒りを買うよりはましだ。

「すみません！　あの――……一緒に飛べないかもしれない竜騎士でも大丈夫でしょうか？　わたし、高所恐怖症……高いところが苦手なんです！」

意を決して伝えた言葉に、エステルの周囲に集まっていた竜たちは、何とも言えない曖昧な表情で、一斉に黙り込んでしまった。

＊＊＊

塔の広間は竜と人の様々な会話で賑わっていた。

竜は人の真似ごとが好きらしい。人の姿になって人間が式典などで身につけるような盛装を纏った竜たちは、誰もかれもが見目麗しい。近寄らないと人との区別があまりつかない竜もいるので、人の国の夜会にも似た雰囲気を漂わせる彼らを前に、エステルはがっくりと肩を落としていた。

「……まさか、全部断られるなんて……」

本格的に始められた顔合わせの宴を広間の片隅で恨めし気に眺めつつ、情けなさのあまり顔を覆う。

初めに話しかけてきた青年竜も、綺麗な竜の淑女も、エステルの発言に無理だとあっさりと去っていってしまった。

(やっぱり、高所恐怖症なのに竜騎士候補になるのはかなり無謀だった?)

誘拐された時、崖から落とされた恐怖が身に染みついていて、なかなか離れない。ユリウスが【庭】に行くなと止めるのも無理はなかったのだろうか。

嘆くエステルに、ユリウスが眉を顰めて嘆息する。

「来る竜、来る竜に馬鹿正直に『一緒に飛べないかもしれない』『高いところが苦手なんです』なんて言っていれば、そうなるのは当たり前。お前は何をしに来たんだ、とか言われなかっただけ優しいものだと思うよ。そういうのは何度か話して親しくなってから、打ち明けるものじゃないか。初めから自分で弱点を明かしてどうするのさ」

「……はい、仰る通りです」

セバスティアンの騒動を片付けて主竜とともに戻ってきたユリウスのもっともな言葉に、エステルはなおさら肩を落とした。弟は初め割って入ろうと思ったらしいが、途中からエステルが墓穴を掘りだしたので黙って眺めていたらしい。

（わかっているのよ。自分のせいだって。でも、見ていたのなら止めてほしかった！）

風よりも早く噂が広まってしまったのか、エステルに話しかけに来ようとする竜はもう誰もいなかった。視線が合いそうになると、興味がなさそうにふいと逸らされてしまう。第一印象は最悪だ。ここから挽回するのはかなり厳しい。

エステルが深々と溜息をつくと、ユリウスの傍にいたセバスティアンがいいことを思いついたというように、ぱっと明るい表情を浮かべた。

「エステル、そんなに落ち込まないで。ほらこれ美味しいよ。甘いものを食べると元気になるよ」

エステルがあまりにも気落ちしているのを不憫に思ったのか、懲りずに食事を続けていたセバスティアンが嬉々としてクリームがたっぷり載ったケーキを差し出してきたが、その優しさが逆に胸に痛い。

「ありがとうございます。――でも、お気持ちだけで、十分です。それはセバスティアン様が召し上がってください」

心配させないように笑いかける。【庭】に滞在する三か月の間、挽回できないようならすっぱりと諦めよう。選ばれなくて当たり前なのだから、必要以上に落ち込むことはない。

そう思い直すと、気を取り直したようにエステルは周囲を見回した。その腕をユリウスにやんわりと取られる。

「まだ竜と話をするつもり？　今日はもう話なんか聞いてもらえないよ。明日また出直したほうがいい」

「そんなことを言っていたら、あっという間に三か月が過ぎるわよ。たった三か月しかないのよ。邪魔をしないで」

「たった三か月の初日から躓いたんだから、よく考えて行動した方がいいんじゃないの。しつこいのが嫌いな竜だっているんだからさ。このまま誰にも相手にされないで、さらし者になってもいいのならば止めないけれども」

助言なのか嫌味なのか、そのどちらにも取れる言葉に、ぐぐっと悔し気に押し黙る。

ユリウスの言うことはおそらく正論だ。だがこのままでは本当にずっと弟に付きまとわれて、竜に近寄るどころではなくなってしまう。

エステルが小さく嘆息すると、今日は諦めたと思ったのか、弟がにっこりと笑った。

「顔合わせもいつ終わるかわからないから、庭に散歩をしに行こうよ。ほら、外で竜も飛んでいるし、世話役のクリストフェル様と叔父さんに許可を貰ってくるから、俺も一緒に――」

「ここで一緒に行ったら、やっぱりセバスティアン様の竜騎士になると思われるかもしれないし、一人で行かせて。貴方の言うように、もう見るからにわたしは竜から相手にされていないから、他の候補者だって気にもしないと思うわ」

「――それは……。…………ああもう、わかったよ」

少し強めに付き添いを断るとユリウスは顔をしかめたが、しばらくして渋々と頷いた。

（え？　いいの？　ああ……もしかして、しばらく一人きりになりたい、とか言っているように聞こえた？　そこまで腹が立ったとか、落ち込んだわけじゃないけれども……）

拍子抜けしたもののユリウスに礼を言い、広間の片隅で待機している竜と人間それぞれの世話役の元に行くと、塔の敷地内から出なければ、とすんなりと許可を出してくれた。

「――ああ、でも、エステル」

エステルが辞そうとすると、ふいに躊躇(ためら)うようにクリストフェルに呼び止められた。

「はい、どうかされましたか？」

「……――いえ、まあ、大丈夫でしょう。彼の方は庭には降りたがりませんし」

片眼鏡を軽く押し上げて、一人で納得してしまったクリストフェルを不審に思ったが、暗くなる前に戻ってきてくださいね、と言われてしまったので、首を傾げつつも広間を通り抜けテラスの片隅にある階段から外へと出た。

塔の外は、人間が造る庭園とほとんど変わらず、どの邸宅でも見られるような作りになっていたが、とにかく広かった。

どこまで続いているのかわからない生垣や、左右対称に植えられた花々。竜の形の彫刻が等間隔に置かれていて、少し歩いただけでも迷いそうだ。しかしながら、空にはちらほらと飛んでいる竜を見かけるというのに、庭園には誰もいない。

（人間を選んで力を分け与える側なのに、人間に添うような物を作るのは不思議よね。それだけ人の作る物が好きなのかしら）

先ほど用意されていた食事だってそうだ。普段竜は食事をしないだろうに、人間の食事とほぼ同じものを用意できるということは、それだけ人の生活をわかっていなければできない。ただ、竜の文化というものがあまりよく見えてこないのは、もしかするとそれを窺わせないようにしているのかもしれない。

塔の中へ招き入れられる前に、こっそりと荷物から引っ張り出してポケットに忍ばせておいた小さなスケッチブックに、同じく隠し持っていた木炭で簡単なスケッチをしながら夢中で歩いていく。

初めて仕事として絵を描いた際に支払われた報酬で買ったスケッチブックは、使うのがもったいなくてしまい込んでいたが、【庭】へ行くのだからと今回ようやく使うことにした。特別な物は、やはり特別な時に使いたい。

時折頭上を飛び去っていく竜を目にする度に、急いでその姿を描き留める。

数枚のページを竜と庭園の絵でいっぱいにしたエステルは、そこでようやく息をついた。

「──そろそろ戻ろうかな」

気づけばすでに空は茜色に染まっている。しびれを切らしたユリウスが探しに出てきそうだ。

満足げにスケッチブックを閉じ、足取りも軽く塔の方へと踵を返そうとした時だった。どこからともなく吹いてきた強い風に空を見上げたエステルは、あっと声を上げた。

「……っ銀の竜‼」

星のようだ、と思った。

陽光に照らされて、まるで流星のように空を滑空していたのは、エステルが憧れてやまないあの銀の竜だった。

優雅に塔の周りを回りながら高度を落としていく銀竜の姿に、降りるのだと察したエステルははっと目を見開いた。

(近くで見たい！　早く行かないと、すぐに人の姿になるわよね⁉)

躊躇ったのは一瞬。エステルは突き動かされるように銀竜が降りようとしている方へと走り出した。

息が切れて、足がもつれそうになっても止まることなく、塔の裏へと駆けていく。

塔の裏──おそらくは竜たちの着地場なのだろう──の開けた場所に出たエステルは、上がった息をそのまま飲み込んだ。

(う、わ……。すごい迫力……)

たった今降りたばかりの銀竜が、その薄氷のような翼を畳んだところだった。

触れれば凍るのではないかと思うほど冷たい輝きを放つ銀の鱗に、少しだけ伏せた瞳は深みのある藍色。傍に寄ると吐く息が白くなりそうな、冬そのものを体現したかのような竜は、一見すると近寄りがたい氷細工のようにも見えるのに、そうは思わせない力強さと優美さを兼ね備え、怖いのにどうしても惹きつけられてしまう魅力があった。

圧倒されて立ち尽くしてしまったエステルは、自分に気づきゆるりと長い首をこちらにもたげた銀竜に歓喜で身を震わせた。銀竜のすらりと後ろへ伸びた銀色の二本の角が陽光を弾く。

(見ている……、あの銀の竜がわたしを見ている！)

激しく高鳴る鼓動を抑えるように持っていたスケッチブックを胸に抱えて、ごくりと喉を鳴らすと、銀竜はすぐに興味を失ったように目を逸らして首を上げた。

人の姿になってしまう、と気づいたエステルはとっさに口を開けていた。

「そのお姿を描かせてもらえませんでしょうか!?」

前置きも何もなく叫んでしまったことに、エステルは我に返り青くなった。だが、言ってしまったものは仕方がない。動きを止めて、何も言わずにこちらを見ている銀竜に焦ったように話しかけた。

「お気を悪くされましたら、申し訳ありません。わたしは竜騎士の選定のために【庭】に参りました、エステル・クランツと申します。失礼を承知でお願いします。お時間があれば、どうか描かせてください。幼い頃、貴方をお見かけした時から、ずっと描きたいと思い続けていたんです」

『見かけた、だと？』

　初めて口を開いた銀竜が不審げに問いかけてきた。明らかに不機嫌そうな様子にやはり失礼だっただろうか、とぎくりとしたが、震える指先を握り込んで頷いた。

「は、はい……。十年ほど前に、わたしの国の上を飛んでいらっしゃるのをお見かけしました。晴れているのに雨が降っていて、虹が出ている日で」

　銀竜は考えるようにわずかに視線を落とし、すぐに思い出したのかふっと息を吐いた。

『――ああ、あのこちらが望んでもいないというのに、竜騎士にしてくれ、としつこくまとわりついてきた人間を出身国に捨てに行った時か』

「捨てた……？」

『そうだ、捨てた。本当ならば国の外に放り出してもよかったくらいだ。俺の棲み処まで無遠慮に押しかけてきたのだからな』

　苛立ったような声音にエステルは少しだけ怖気づき、一歩後ずさった。

　竜は人に友好的。そのことが頭にあったせいで、恐れもせずに突撃してしまったが、中にはそうではない竜もいるのだと思い知らされる。そんな竜に絵を描かせてほしいなどと言えば、気分を害することは間違いない。

（これは、少しどころじゃなくて、かなり危険な状況なんじゃ……）

捨てに行ったというのがどういう状態だったのかわからないが、背に乗せるなどといった優しい運び方ではなかったことくらいは容易に想像できる。どこの国の竜騎士候補がやらかしたのか知らないが、かなりの距離があったはずだ。その候補者は無事だったのだろうか。

「……絶対にユリウスに怒られる……」

『ユリウス？　どこかで聞いた名前だな』

エステルの呟きに、ふと銀竜が興味を惹かれたようにわずかに首を傾げる。エステルは裏返りそうになる声でどうにか答えた。

「セバスティアン様の竜騎士で、わたしの弟です」

『――弟、か。……なるほど。弟が竜騎士だから、自分も選ばれるだろう、と安易に考えてのこのこやってきたな。塔にいる全ての竜が、人間の言葉に喜んで耳を傾けると思っているのか』

銀竜が嫌悪の声を出したかと思うと、その巨体を揺らして一歩近づいてくる。

「そんな、ことは――っ」

反論しつつも恐れに再び後ずさってしまうと、石でも踏んだのかバランスを崩してその場に尻餅（しりもち）をついてしまった。その拍子に、スケッチブックを取り落とす。

『少なくとも俺には人の助けは必要ない。こちらのことなどおかまいなしに周囲をうろつかれるのも――』

眼前に、竜の大きな顔が迫る。大きく開けられた口から、簡単に肉を引き裂けるだろう鋭い牙が覗いた。ぞわり、と背筋が凍り付く。と、同時になぜか嬉しさがこみ上げる。

(噛みつかれる――!?　あ、でも怒った表情を間近で観察できるいい機会じゃない？)

『不快だ』

興味津々で目を見開くも、身を強張らせてしまったエステルの耳に、淡々とした声が届く。すぐ傍で、かさりと紙がこすれるような乾いた音が聞こえた。

「え……、なに、を……」

銀竜の鋭い牙が、エステルの落としたスケッチブックを拾い上げ、大きく振り回した。竜の口元から少し黄色みがかった白い紙が、まるで蝶のようにひらひらと舞い落ちてくる。

「わたしの、スケッチブックが……！」

竜の牙に貫かれ、ばらばらになったスケッチブックが、辺りに散らばっていた。慌てて拾い集めようとすると、その一枚をあろうことか銀竜が踏みつける。

『こんなものに俺の姿を写しとられるのは、気分が悪い。それにお前、この甘い匂いは何だ？やけに鼻について仕方がない』

「こんなもの……？」

自分自身で手に入れた、とても大切な物だ。いくらそれを知らないとはいえ、破って踏みつけられるほどのことをしたとは思えない。

　腹の底から、言いようのない激しい怒りがこみ上げてくる。

　拾い集めたスケッチブックの一部を胸に抱きしめて、エステルは銀竜の顔を怒りのままに思い切り叩いた。

『――っ!?』

「いったたた……っ」

　岩でも殴ったかのようにじんじんと痛みを訴える右手をスケッチブックと一緒に抱き込んで、ぐっと唇を噛みしめる。

（尋常じゃないくらい硬いんだけど……。折れていないわよね？　大丈夫よね？　折れていたら、絶対にユリウスが怒り狂う！　あっ、血が出てる）

　弟の怒りを想像して身を震わせていると、ふと抱えていたスケッチブックに血がついていることに気づいた。鱗でも引っかけたのだろう。よく見れば手の平に傷ができている。

　ふいに、頭上に影が差した。おそるおそる見上げると、銀竜の顔が眼前にあった。深みのある藍色の瞳にじっと見据えられ、エステルは静かに息を飲んだ。

（つい、叩いちゃったけれども、これって……かなり怒らせたんじゃ……）

『匂いが強くなった？　――この匂いは……ミュゲ？　お前、まさか……。おい、手を出せ』

　エステルが恐れおののいているのもそっちのけで、なぜか愕然とした様子の銀竜がエステルの腕を鼻先で押して促してきた。

「え？　手、ですか」

思わぬ指示にわけもわからず、とっさに怪我をした右手を差し出すと、銀竜は鼻先を寄せてきた。

「ひっ、えっ、何しているんですか!?　どうして嗅(か)ぐんですか!?」

驚きのあまり手を引っ込め、スケッチブックの残骸(ざんがい)とともに抱き込む。そうして銀竜を睨み据えると、銀竜は不可解そうに呟きだした。

『どういうことだ？　なぜ人間からミュゲに似た香りがする。そんなことが本当にあるのか？』

信じられない、と続けた銀竜に、話が見えないエステルは、とりあえず自分の手の平を嗅いでみた。

（香り？　血の匂いしかしないけれども……。そういえばさっきも甘い匂いがするとかなんとか言っていたような）

竜は嗅覚が鋭いので、香水などはつけていない。だが、もしかすると服や髪を洗った時の洗料の香りがしみついているのかもしれない。

ふんふんとエステルが袖を嗅いで確かめていると、銀の竜がすっと身を引いた。そうかと思うと、苛立ったように太い尾をだん、と地面に強く打ち付けた。

『何かの間違いだ。そうだ、人間がそうであるわけがない。認められるものか』

自分自身に何かを言い聞かせるように言い切った銀竜は、氷の被膜のような翼を音もなく広げた。風圧に、拾い損ねた紙がひらりと飛ばされる。

(うわっ、冷たい……。え、氷？　雪？)

頬に吹きつけてきた冷風に、細かな氷の粒のようなものが混じっているのに気づいて、驚愕した。

風にはためく脛丈のスカートの裾や乱れる髪を片手で押さえたエステルが、凍りそうな冷気に小刻みに震えた時だった。

「ほらほらジーク様、力を収められてください。か弱い人の娘が凍死してしまうかと。面倒ごとはお嫌いでしょう」

聞き覚えのあるおっとりとした声がしたかと思うと、後ろからやってきた人物がエステルと銀竜の間に割って入るように立ちはだかってくれた。

「クリストフェル様！」

世話役の黒髪の青年竜にエステルが安堵の声を上げると、振り返ったクリストフェルは少しだけ困ったように眉を下げて片眼鏡を押し上げた。

「貴女が『銀の竜』を気にされていたようですので、逆にこの時間にこの方が長の様子見に塔にいらっしゃる予定だと教えない方がいいと思っていましたが……。まさか突撃するとは思いもしませんでしたよ。注意をしておくべきでしたね。完全に私の落ち度です」

「……すみません。憧れていた銀の竜が空を飛んできたので、つい追いかけてしまいました」

　身を縮めて謝ると、ふと氷の粒交じりの風が止んでいることに気づいた。クリストフェルの向こうに銀竜の巨体は見えず、代わりにそこに立っていたのは銀の竜の鱗と同じ銀色の髪をした、二十代半ばほどの青年だった。襟足から覗く右の首筋には波のようにも見える銀の鱗がいくつか浮かんでいる。

（あの方は……銀の竜が人になった姿なの？）

　不機嫌そうにこちらを見据えている深い藍色の竜の瞳は、明らかにあの銀竜と同じ色だ。

竜が人の姿になると誰もが人よりも格段に見目麗しい姿となるが、セバスティアンが手を差し伸べたくなるような印象を与えるとすれば、銀の竜は背筋を伸ばしてひれ伏したくなるような、冴え冴えとした冬の月を彷彿させる冷たい美しさを湛えていた。

　顰められた眉も、すっと通った鼻梁も、固く引き結ばれた唇も、何もかもがエステルが今までに見た誰よりも完璧な造形美で、身に纏った白を基調とした見事な刺繍のサーコートはその怜悧な雰囲気をより近寄りがたく神聖なものにしていた。

　今すぐにでも絵を描きたくなってしまう衝動に駆られたが、ぐっと抑えるようにスケッチブックを握りしめる。そんなエステルから目を逸らした銀竜が、眉間に寄った皺を緩めることなく口を開いた。

「クリス。世話役なら人の管理を怠るな。立ち入りを禁じている場所くらいは教えておけ」

地の底を這うかのような声でクリストフェルに向けてそう言い放った銀竜は、すぐさま踵を返して塔の方へと去りかけた。その背に、慌てて声をかける。

「叩いてしまって、申し訳ございませんでした！」

初めに銀竜を怒らせたのは自分だ。スケッチブックの件は許せないとはいえ、突然描かせてほしいなど、かなり失礼だ。

頭を下げて謝罪を述べても、銀竜の足音は止まることなく、さっさとその場から立ち去ってしまった。

銀竜の姿が見えなくなると、エステルは大きく嘆息し、再び肩を落とした。

「……また失敗した……」

絵と竜のことになると、周囲がよく見えなくなるのはどうにかしないと駄目だ。不快にさせてしまうばかりか、追い出されてしまうかもしれない。

ふと同じように銀竜を見送っていたクリストフェルが、わずかに驚いたような声を上げた。

「貴女はあの方を叩いたのですか？」

「ええと、その……はい」

クリストフェルが銀竜が去っていった方向と冷や汗をかくエステルを信じられないものを見るように交互に見た。

「貴女はあの方を叩いたというのに、よく【庭】の外に放り出されませんでしたね」

心底不思議そうなクリストフェルの様子に、銀竜を叩いてしまったことへの怒りは全くないことを感じ取り、エステルはほっと胸を撫で下ろした。

「やっぱり失礼を働いた竜騎士候補を捨てに行ったというのは、本当の話なんですね……。わたしもどうして無事だったのか、わかりません。どうしてなんでしょうか？」

竜は誇り高い生き物だ。人間ごときに叩かれたら、それは気分が悪いだろうに。

尋ねるようにクリストフェルを見ると、竜の青年は考えるように自分の顎に手を当てた。その爪は黒く鋭い。うっすらと指に浮かぶ細かな黒っぽい鱗に、クリストフェルは黒竜なのだと気づいて思わず魅入りそうになったエステルだったが、慌てて居住まいを正す。

「そうですね……。そもそも、あの方は人に興味を抱かれていません。顔を合わせても、一切相手にはなさらない。あの方は膨大な力を持ちながら、それを操ることに長けていらっしゃいます。ですから、ご自分の力を人に分け与えることに意味を見出していない。人への興味が薄れるのは当然でしょう」

竜は人へ力を分け与えることで力を操りやすくしている。それが必要ないとなると、虚弱な人間の存在などなきに等しいのだろう。

（そんなにすごい竜なの？　あの銀の竜はどういった……。ん？）

クリストフェルの言葉に、エステルはふとあることを思い出して、首を傾げた。

「あの、でも先ほどの風には氷のようなものが混じっていたのですが……。操ることに長けている方が、あんな風に力を溢れさせることがあるんですか？」

「よほど動揺したかお怒りになられたとすれば、ありますが……。貴女が叩いたということは、会話をなさったのですよね。どんなことを話されましたか？」

　エステルは破れたスケッチブックを抱えて、あの時の会話を思い出すように宙を見据えた。

「そういえば……話ではありませんけれども、わたしの香りにやけに驚いていました。なぜ人間からミュゲの香りがするのか、何かの間違いだ。認められるわけがない、と口にされていて」

　手の平に負った傷をクリストフェルに見せると、黒竜はぴくりと片眉を上げ、なぜか真顔になって黙り込んでしまった。知的で穏やかな印象を受けるクリストフェルだが、そういう顔はやはり竜だ。どことなく畏怖を覚える。

(何か問題があるのかしら……。ちょっと嫌な予感がする)

　戦々恐々(せんせんきょうきょう)として、エステルが言葉を待っていると、クリストフェルはしばらくしてどういうわけか、さも嬉しそうににっこりと笑った。

「――おやまあ、それはそれは……可哀(かわい)そうに。人の身にはなおのこと大変でしょう」

「え……？」

「あの方は難儀な方ですが、慣れればそれほど恐れることはありません。長年配下を務めている私が保証します。ともかく気を強く持って頑張ってください」

　何を頑張るというのだろう。わけがわからない。そもそも可哀そうと口にするのに、表情は晴れやかだ。

　エステルが戸惑ったまま、何も言えないでいると、クリストフェルはさらに笑みを深めた。

「ええ、ご心配なさらずとも、大丈夫です。貴女なら何をしたとしても、彼の竜騎士候補のように自国へ捨てられに行かれることも、その場で災害級の猛吹雪を起こされることも、竜の怒りを買ったとして、この先百年間はその国の民の【庭】への出入りを禁止されることもありませんから」

　エステルは息を飲んで、総毛立った。

（【庭】への出入り禁止……。それって国が滅亡に向かって進む過程の第一歩じゃ……）

　竜の怒りは自然の怒りそのもの。竜の恩恵を貰えないとすると、他国との付き合いもほぼ断絶される。どの国も、竜の怒りを受けた国とは付き合いたくはない。結果、滅びるであろう未来が見える。

（そういえば、二つ向こうの国――シェルバが危ない、って、肖像画を描かせてもらった人の誰かが言っていたような……）

　血の気が引いたまま、エステルはスケッチブックを握りしめた。

「あの銀の竜はどういった方なんですか？」

たった一匹の竜の怒りだけで、【庭】への出入りを禁じるとは思えない。さすがにそこまで竜たちは狭量ではないはずだ。

クリストフェルはちらりと銀竜が去った方に目をやり、どこか誇らしげに微笑んだまま口を開いた。

「彼の方の御名はジークヴァルド。この世の全ての竜を束ねる竜の長の、次期を担う方です」

想像していたよりも、大物だった。あんぐりと開けた口を、片手で覆う。

そんなに上位の竜なら、本竜でなくとも周囲が怒って出入りを禁ずるのも当然のことだろう。

(竜の長の次期の方って……。ほぼ頂点の方じゃないの——っ。そんな方を叩いたわたしって……)

今日で命が終わるかもしれない。短い人生だった。だが死ぬ前に銀竜に会えたのは人生最良の日だと言ってもいいだろう。

残り少ない時間で何をしよう、と鬱々と考えていたエステルの耳に、遠くから自分を探して呼ぶユリウスの声が届き、ほっとするどころか弟の怒りを想像して逆に青ざめた。

＊＊＊

「こちらにおられましたか」

夜の冷気が塔のバルコニーに忍び寄ってきていた。

三つの尖塔の内の一つの塔にある長の部屋を出てホールを抜けた先に、離着陸のためのバルコニーが広がっている。そこは竜の姿でも余裕をもって降りることができたが、人の姿で手すりに寄りかかるように佇んでいたジークヴァルドは、クリストフェルの声に肩越しに振り返った。

「顔合わせは終わったのか」

「はい、大方は、つつがなく？」

疑問符がついたのは、おそらくあの人の娘のことを示唆しているのだろう。

叩かれた左頬をなんともなしに指先で撫でる。

（まさか竜を叩く人間がいるとは思わなかったが……。馬鹿なのか？　そんな娘が俺の――）

あの時は腹が立つよりも、どうにも信じたくない思いの方が大きく、さっさと立ち去ってしまったが、まるで逃げたような行動に今更だが怒りを覚える。

ふと、隣まで来たクリストフェルがすっとバルコニーの手すりの下を指さした。その先には塔の隣に建てられた三階建ての建物がある。

「エステルはあちらの宿舎におられますよ。特別な方ですので塔内の見晴らしのよい部屋を割り振ろうとしましたら、できれば一階の地面に近い場所でお願いします、と平身低頭で懇願されましたので」

「一階？　あれはそんな地べたに部屋が欲しいと言ったのか？」

あの娘の居場所などは聞いていない、と言おうとして、不可解そうに片眉を上げる。するとクリストフェルはどこか面白そうに疑問に答えた。

「高いところが苦手なのだそうです」

「……何をしに来たんだ？　それでどうやって竜騎士になるつもりだったんだ」

呆れ返って眉を顰める。クリストフェルが苦笑した。

「あのクランツ家のご令嬢だそうですから、国が人数合わせのためにでも送り出したのでしょう。嫌々こちらに来たのだと思いますよ」

「その割には、大興奮して絵を描かせてくれと迫ってきたぞ」

竜騎士にしてくれと迫られたことは幾度となくあるが、あんな風に来られたのは初めてだ。

不快は不快だが、どことなく奇妙な生き物と遭遇したような感覚がするのは気のせいだろうか。

「――番に好意を寄せられるのはいいものですよ。長い間、番が見つからなかった貴方様によ
うやく現れた番です。大切になさいませんと」

微笑ましげなクリストフェルに、ジークヴァルドは嫌そうに眉間に皺を寄せた。

『番』――今、一番聞きたくない言葉だ。

「あんなのが俺の『番』だなど、何かの間違いだ。あれは人だ。種族が違う。そんなことがあるわけがない」

「ですが、番の香りを感じ取ったのではないのですか？　ミュゲの花のような香りを」

「──……」

ぐっと口を噤んで、ますます顔をしかめる。

エステルが近寄ってきた時からどことなく漂っていた甘い香り。爽やかで奥ゆかしい気品溢れる香りが、あの娘からはしていた。怪我をして出血したことで、なお一層のこと強く香るそれに、自分の鼻がおかしくなったのかと疑った。

誰に教わらずとも、あれが自分自身の『番』のみから感じられる香りなのだと本能でわかったが、わかったからといって、簡単に受け入れられるかというのは、別の話だ。

「──普通に竜の番を持つお前と同じにするな」

「人でも竜でも番には変わりません。私の番は今子の世話にかかりきりで、私にはかまってくれず、寂しい思いをしておりますが、見ているだけでも心が穏やかになります。ああ、でも先日──」

惚気(のろけ)話を始めてしまったクリストフェルに、しまったと思いつつも、適当に相槌(あいづち)を打ってやっていたジークヴァルドは、ふと視線をエステルがいるという宿舎へとやった。

「面倒な……」

心の底からこぼれた言葉に、惚気話をやめたクリストフェルが真剣みを帯びた目を向けてきた。

「面倒でも、次期の長になられる貴方様にとっては必要なことです。共に過ごすのはたかだか数十年の間です。人間には長くとも、我らには短い。弱みを一つ潰（つぶ）せる好機だとお考えになられては。貴方様の地位を狙（ねら）うあの方への牽制にもなります」

「どうだろうな。逆にあいつは喜ぶかもしれないぞ。俺を次代の長の座から引きずり下ろす絶好の機会にもなる」

ジークヴァルドは目を眇めて嘆息した。

こういうことがあるから、次代の長を引き受けるのはわずらわしい。だが、自分よりも力の弱い者が長になるのはどうしたって容認することはできないのだから、やるしかないのだ。

「長の体調が思わしくないこの時期に、番の問題で騒げば必ずあいつ――ルドヴィックが動き出すだろう。そうなると、竜騎士選定どころではなくなる。長の負担を増やしたくはないが」

全ての竜を統（す）べる長は、ここしばらく体調を崩している。今年は竜騎士の選定を見送ることも検討したが、当の長がそれだけはやらなければ、と譲らなかった。

長が顔合わせの宴に姿を見せることはしないが、それでも何があるかわからない。様子を見に来たのは自分にとって運がよかったのか、悪かったのか、判断に迷うところだ。

「それでは、あの娘のことは番だとお認めになられますか。それとも、いつ現れるのかわからない次の番をお待ちになりますか」

にっこりと微笑んだクリストフェルの食えない笑顔に、ジークヴァルドは横目でそれを睨みつけ、無言でバルコニーの手すりに軽々と飛び上がった。その際、ちらりと塔の廊下の方を見やる。慌てているようなかすかな足音がしたが、途中で盛大に転んだ音が耳に届いて、思わず半眼になった。

クリストフェルも気づいたのだろう。苦笑しつつこちらを見上げてくる。

「お帰りですか？」

「ああ、また何日か後に長の様子を見に来る。何かあれば知らせろ。――あと、聞き耳を立てていた大食らいに、今の話は口留めをしておけ」

自分自身が納得していないことを、言いふらされるのは気分が悪い。

そう言い置いて、ジークヴァルドはバルコニーから飛び降りるなり本来の竜の姿へと戻り、そのまま空高く舞い上がった。

一人残されたクリストフェルは少し考えて踵を返した。

「口留めをしなくても、ユリウスが広めさせないと思いますがね」

今日の態度を見ただけでも、姉思いの竜騎士は姉を竜に嫁がせたいとは思わないだろう、ということは簡単に予想できる。

「とはいえ、何もしないとなると、ジーク様の怒りを買いますからね」

無駄に機嫌を損ねさせるようなことは、する必要がない。

塔の中に戻ったクリストフェルは、今まさに階段を下りようとしていた若葉色の髪を持った気弱そうな青年に、穏やかに声をかけた。

「――セバスティアン殿、今の話は内密に。繊細なお話ですから、ご理解いただけますよね？」

座っていたエステルの横を、一人の男性がきびきびとした足取りで通りすぎていく。その姿勢の良さに思わず視線を引きつけられたエステルは、大きく目を見開いた。

（え、あの方って絵で見たことがあるわ。ラーゲルベックの傭兵騎士よね？　わたしも描きたい……。あっ、あっちの綺麗な人は確かレーヴの姫騎士様！　それにあの窓辺の――）

そわそわと辺りを見回していたエステルは唐突にぽん、と肩を叩かれてはっと我に返った。

「大丈夫ですか？　エステルさん。落ち着かないようですけれども」

そんな声をかけられて慌てて隣の席を見やると、同じリンダールの竜騎士候補の女性が気遣わしげにこちらを見ていた。エステルよりいくつか年上の凛とした女性だ。

一夜明け、塔のすぐ傍に建てられていた宿舎の食堂は、竜騎士候補たちの喧騒に溢れている。指示されたわけでもなく自然と国ごとに分かれてテーブルについていたが、目の前にはほかほかと湯気の立った朝食のスープが置かれていた。

食事は竜騎士候補の全てが個々に調理をするのではなく、国ごとの持ち回りになっている。今日はどこの国が作ったのか、大きく目に切られた野菜が美味しそうだが、自分で配膳してきたそれをテーブルに置いたまま、つい周囲を観察するのに夢中になってしまっていた。

「すみません、大丈夫です。その、緊張をしてしまって」

誤魔化すように笑い、他の竜騎士候補に倣ってスプーンを手に取る。

（言えない。昨日、銀の竜に出会えた興奮と、怒らせたから殺されるかもしれない恐怖で、あまりよく眠れなかったから、眠気を吹き飛ばそうと周りを観察しています、なんて……）

初日から色々とやらかした感じもするが、ジークヴァルドを叩いたのが最たるものだ。言えるわけがない。セバスティアンが塔の方に部屋を貰っているため、主竜に従い今はここにいないユリウスにも青筋を立てて怒られたのも身に染みている。何事もなく朝を迎えられたのが、不思議なくらいだった。

エステルが悪寒を感じつつもスープを口に運んでいると、ふと同じテーブルの向かいの席についていた男性竜騎士候補が安堵したように息をついた。

「竜に慣れているはずの貴女でも、緊張はするのだな。それを聞いて安心する」

「普段、叔父や弟の主竜様方と接していても、【庭】は初めてですから緊張もします」

苦笑してさりげなく四人のリンダールの竜騎士候補の面々を見回すと、その表情は昨日ほどではないがわずかに緊張が見えた。種類は違うが彼らも同じように緊張しているのだと思うと心強い。そのうちの一人、エステルとそう変わらない年頃の少年竜騎士候補と目が合うと、何か喋らなければと思ったのか彼は焦ったように口を開いた。

「そ、それでもクランツ伯爵家の方です。竜に気に入られるコツなどあるのでは――」

「そんなものがあるのでしたら、ぜひ我らにも教えていただきたいものだ」

唐突に少年竜騎士候補の言葉を引き継ぐように、隣のテーブルから声をかけられた。ぎょっとしてエステルがそちらを見ると、にこやかに笑う男性がいた。

「そんなコツなどは――」

「たとえあったとしても、盗み聞きをするような者に教える義理はない」

エステルが戸惑いがちに口を開こうとすると、それを遮り一番年長の竜騎士候補が拒絶した。

「――それは、失礼。箱入り令嬢のご高説を聞けなくて残念だ」

声をかけてきた男は、不快を示すかのように軽く片眉を上げたが、すぐに自分のテーブルの方に顔を向けてしまった。他国の竜騎士候補に対してあまりにも態度が悪すぎないかとエステルが不安を覚えていると、険しい表情を崩さずに年長の竜騎士が嘆息した。

「ルンドマルクの竜騎士候補だ」

苦々しそうに口にされた国名に、エステルもまた思わず渋い顔になった。ルンドマルクといえばリンダールの北隣の国だが、度々国境を侵し、叔父やアルベルティーナも時折駆り出されるのでいい印象はない。ここ数年は竜騎士が一人しか出ていないと聞いた。竜騎士が多数いるリンダールが妬ましいのだろう。

「エステル殿、貴女はリンダールの宝だ。クランツ伯爵や王にも他国の者をあまり近づけさせないようにと指示を受けている。おわかりだとは思うが、他国の者と親交を持つことがあっても、深めるのは控えていただけると、こちらとしても助かる」

淡々と語られる言葉に他の竜騎士候補にもそれぞれ頷かれてしまい、唖然とする。

（宝、って言いすぎよ……。それに遠回しに言っているけれども、他国の方と恋仲になって、嫁ぐなどと言い出さないでほしい、ってことよね。確かに、クランツ家の血を他国に流したくないのかもしれないけれども……）

時折そういう話を耳にするが、まさか自分が釘を刺されるとは思ってもみなかった。

ユリウスがあれほど【庭】行きを反対していたのは、この可能性も心配していたからなのかもしれない。だから昨日、エステルが自ら他国の人々に近づくことがないよう、脅すようなことも言ったのだ。溜息をつきたいのをこらえて、唇を吊り上げる。

「はい。みなさんにご迷惑をおかけしないように、十分に気をつけます」

クランツ伯爵家の血を引く者は、竜に選ばれやすい。たとえ選ばれなくても、最高の婚姻相手という価値がある。

（高所恐怖症だから選ばれないだろう、とか思われているのがすごくよくわかる……。お、落ち込んだら駄目よ。気合いを入れて頑張らないと！）

決意も新たに、エステルはにっこりと笑いつつスプーンを持つ手に力を込めた。

＊＊＊

雲一つなく晴れ渡った空に、いくつかの竜の影が見える。【庭】は昨日と同様に、今日も快晴だった。

「ねえ、絵を描きたいのなら、リンダールでも描けるから帰ろうよ」

「帰らないから。帰りたければユリウスだけ帰って」

決意を新たにした朝食の後から、なぜかずっとひよこのように後ろをついてくるユリウスにすげなく言い返し、エステルは戯れるように空を飛ぶ竜たちを時々目で追いながら、新しいスケッチブックを手に塔の庭園を歩いていた。

竜の着地場と塔の中以外なら、自由に散策をしてもいいとのことなので、スケッチブックと木炭を手に嬉々として時折竜の姿が見える庭へと飛び出したのだ。

(なかなか降りてきてくれないわよね。銀の竜も現れないし)

昨日、破られてしまったスケッチブックは拾い集めて荷物の奥にしまい込んだ。再び怒りに触れたくはないので近づけないが、遠くからでも姿を見たい。じりじりとした思いを抱えつつ、空を飛ぶ竜を観察していると、ふいにその視界に白い鳥の姿が映った。

「あ、鳥」

「え？　竜が飛んでいるんだから、近づかないはずだけれども」

「いるわよ。あ、もう一羽。――って……、こっちに来るわ」

軽く驚いていると、その間に数羽の小鳥がふわりとエステルの肩や頭に舞い降りる。そのままエステルの髪を引っ張ったり、周囲で飛び回ったりと遊び始めた。

唖然としていたユリウスが、呆れたように溜息をついた。

「……【庭】に来ても懐かれるんだね」

「わたしの髪が鳥の巣にでも見えるのかもしれないわよ」

自国でもそうだった。エステルが外で絵を描いていると、不思議なことによくこうして寄ってきたのだ。父譲りの緩く波打った茶色の髪は嫌いではないが、若葉色に変わっても母と似て癖一つなくまっすぐなユリウスの髪は少し羨ましい。

「でも、鳥より竜に好かれたいわよね……」

ふと視線を転じて、庭の片隅で語り合う小麦色の竜と一人の男性の姿に向ける。すると同じように目を向けたユリウスが、わずかに驚いたように目を瞬いた。

「あれは……レーヴの大使の護衛隊長だよ。去年も来ていたけれども、今年も来られたんだ」

「レーヴって王妃様の出身国よね？　大使様の護衛でリンダールによく来ている方？」

「うん、そう。去年あの竜に選ばれそうで、選ばれなかったんだ。両方とも楽しそうだね」

確かに会話こそ聞こえないが楽しそうだ。なんだかわからないが胸が詰まる。竜騎士候補の基準はそれぞれの国によって違う。何度も竜騎士候補として出してくれる国もあれば、一度赴けば、二度と【庭】に踏み入ることができない、という国もあるのだ。ちなみにリンダールでは本人が望めば三度まで、と決められている。

（再会して話が尽きない、というところかしら。今年も国が送り出してくれたのならそれだけ期待をかけられているってことよね。もしかしたら竜騎士に選ばれる瞬間が見られる？　うわぁ、描きたい！）

自分のこともそっちのけで、スケッチブックを開き木炭を握った時だった。唐突にその顔をひょいと誰かに覗き込まれた。驚いた鳥がぱっと飛び去っていく。

「――っ!?」

「空、飛べないの？」

軽く驚いたエステルを後ろから見上げていたのは、砂色の髪をした少女だった。軽く癖のある髪の隙間からは、竜の尖った耳が覗いている。

（驚いた……子供の竜？　初めて見たわ。可愛い！）

大抵竜騎士を探しているのは大人の竜だ。これほど小さい子は見たことがない。幼くともその姿は大人の竜同様に見目麗しく、等身大の人形のようで見惚れてしまう。

「は、はい、そうです。飛べないのですけれ――」

「それ、何してるの？」

質問をしたというのに、答えにはさほど興味がなかったのか、答えを待たずにスケッチブックを指さされて、エステルは慌てて昨日描いた絵を見せた。

「――っ絵を描かせていただいています」

「きれい。わたしも描いて」

　そう言うなり、竜の子供は断る間もなくふわりとその姿を砂色の竜へと変えた。成竜の半分、といった大きさだが、それでもエステルの背丈ほどもある。ミシミシと音を立てて周囲の生垣が倒れたことにも気が付かないようで、早く早くとでも言うように尾を左右に揺らしていた。

「エステル、ぽかんとしていないで早く描いてあげて。心配した親が乗り込んでくるから」

　ユリウスの耳打ちに、我に返ったエステルはあたふたとその場に座り込み、紙に向かった。

　そうしてみて、じわじわと嬉しさがこみ上げてくる。

（アルベルティーナ様やセバスティアン様になら絵を描いてとかよくせがまれるけれども）

　全く知らない竜からの願いは今まで一度もない。

　請われるままに、意外にも大人しく動かずにいる子竜の姿をいつも以上に丁寧に描いたエステルは、少し緊張しつつ完成した絵を見せた。

『わあ……っ。これわたし？　きれいに描いてくれて、うれしい！　これ、ちょうだい？』

「はい、もちろんです」

『ありがとう、お母さんに見せてくる！』

　目を輝かせ、体をゆらゆらと揺らして喜ぶ子竜に微笑ましくなりながら、一枚紙を破って差し出すと、子竜は礼を言ってぱくりとくわえた。そうしたかと思うと、大きな頭をエステルの肩に一度すり寄せ、すぐさま塔の上のバルコニーへと飛んでいってしまった。子供の竜のせいか、力加減がわからないのだろう。座っていた芝生の上に転がされたエステルは、子竜が去ってしまっても呆然と倒れ込んでいた。

「き、緊張した……。あれでよかったの？」

エステルは大きく息を吐いて、スケッチブックで顔を覆った。あまりにも突然の出来事すぎて、言われるがまま描いて渡してしまったが、かなり不安だ。

「大丈夫だよ。子供の竜は大人以上に好奇心旺盛だからね。喜んでいたじゃないか」

何でもないことのように言うユリウスに手を引っ張られて引き起こされつつ、エステルはバルコニーを気がかりそうに見上げた。

「でも、わたしが空を飛べないことが子供の竜にまで広まっているなんて……」

「そうだね。話が広まっちゃったから、午後の交流会に出ても無駄だよ。だから国に帰ろう」

にんまりとどこか得意げに笑うユリウスに、エステルはむっとして睨みつけた。

昨日の顔合わせと同じようにこれから毎日、竜との交流会が催されるそうだが、無駄と言われてもまずは参加しなければこの状況は変わらない。

「無駄って言わないで。三か月間、あがけるだけあがくのよ。だから交流会にも出るから。貴方はセバスティアン様のお世話をしていればいいじゃない。傍にいなくていいの？」

「あー……、うん、大丈夫。まだ眠っているから」

少しだけ言いごもったユリウスを不審に思うことなく、鼻息も荒く再びスケッチブックを膝（ひざ）に載せる。

（それにしても、子供の竜を描かせてもらえるなんて思わなかったわ。次から次へと竜に頼まれたら、描きまくるのに）

夢のような状況を思い浮かべて、緩み切った笑みを浮かべる。傍らのユリウスに呆れたように脇腹（わきばら）を小突かれたことにも気がつかずに、エステルは楽しい妄想に耽（ふけ）った。

＊＊＊

「何か面白いことでもあったのか」

長（おさ）の見舞いのため、訪れていた長の部屋の扉を静かに閉めて踵（きびす）を返したジークヴァルドは、出迎えたクリストフェルがやたらと楽しそうな表情をしていることに、不審げに片眉を上げた。

竜騎士候補たちがやってきた日から数日。普段はひっそりとしている塔は、どことなく騒がしい気配が漂っている。

「はい、とても。庭をご覧になられてください。大変面白いものが見られますかと」

クリストフェルに促されるまま、塔の最上階のバルコニーから庭を見下ろしたジークヴァルドは、半眼になった。

「あれは……何をしている？」

今の自分と同様に、塔にいる際には比較的人の姿を取ることの多い竜が、午前中の柔らかな日差しの下、本来の竜の姿で円陣を組んでいた。その中央に恐れる様子もなくいたのは、先日、自分の番らしいと判明した人間の娘だ。

「絵を描いているのですよ。エステルはとても絵が上手なようで、皆、描いてもらいたくてあして囲んでいるのです。目の前で描いてもらえる機会は早々ありませんからね」

クリストフェルの興味深そうな言葉に、先日も描かせてくれと突撃してきたことを思い出す。

あれだけの数の竜に囲まれているというのに、まったく物怖じせずに一心不乱に紙に向かっている姿はいっそ清々しい。

(だが、いくら絵がうまいからとはいえ……、あれほどの竜が集まるのか？)

不思議に思って、何か他に理由があるのではないかとじっとエステルを見下ろしていると、クリストフェルがこほんと咳払いをした。

「ご不快なようでしたら、やめさせますが」

「不快？」

「ご自分の番に他の竜が群がっているのは、ご不快かと思ったのですが」

ジークヴァルドは眉間に皺を寄せ、やはり微笑ましそうなクリストフェルを睨みつけた。この配下の黒竜は番のことになるとこういった表情をするが、それが少し腹立たしい。

「――好きにさせろ。俺は別に何とも思わない」

「そうですか？　私でしたら、番があれほど熱心に他の竜を見つめているのは、かなり嫌なものですが」

指摘されてふっと頭に浮かんだのは、数日前に見た憧れと期待に満ちたきらきらと輝くような目。それが今他の竜に向けられているのだ。

（人間が番かもしれない、ということには苛立つが……）

あの娘が誰を見ようが見まいが、どうでもいい。

奇妙な生き物、と思ったのは間違いないがそれだけだ。これといって感情が動くことはない。

「特に不快にはならないな。それに俺はまだ番だと――」

ちらりと庭に視線を落としたジークヴァルドは、思わぬ光景に軽く目を見開いた。

エステルに、一匹の栗色の竜が鱗を差し出していた。

鱗を自ら差し出すということは、竜騎士にしたいと望んでいる証だ。自然に落ちた鱗では契約することはできない。

傍らでクリストフェルも驚いた声を上げる。

「おや、鱗を渡されていますね。竜騎士に選ばれた最速記録でしょうか。んん？　もう一方？　さらにもうお一方？　おやおやおや」

いつも飄々としているクリストフェルの珍しく戸惑った声を聞きながら、ジークヴァルドは片眉を上げた。

「さすがにあれはおかしいな。【庭】に来て数日と経たずに鱗を何枚も渡されるわけがないが……。──ああ、もしやあれか。クランツの者によく出る」

クランツ家の血を引く者が竜に好かれやすいと言われるその一因のものが、あの娘には備わっているのかもしれない。

「なるほど。もしもそういうことなら、納得できます。やはりやめさせますか？」

得心がいったように頷いたクリストフェルが問いかけてくるのに、ジークヴァルドは面倒そうに首を横に振った。

「放っておけ。そのうち皆も気づいて近づかなくなるだろう。それにあの娘が本当にそうならばなおさら面倒だ。騒動を呼びかねない。──そのまま国に帰らせろ」

「ですが……。今、助けて差し上げなくてもよろしいのですか？　あの調子ですと、エステルが怪我を負いかねませんが」

竜の巨体に隠されてエステルの姿が見えなくなり始めるのに、ジークヴァルドが舌打ちをしそうになった時、どこからともなく竜の低い咆哮が響き渡った。

＊＊＊

色とりどりのガラスにも似た鱗が頭上から降るように押し付けられてくる。それはどこか神殿にあるステンドグラスを思い起こさせたが、美しいというよりも異常な光景だった。

エステルはジークヴァルドにこの状況を見られているとも知らずに、持っていたスケッチブックを縋るように胸に抱き込んだ。

突然鱗を渡そうとしてきた一匹を皮切りに、他の竜からも我先にと差し出され、嬉しいというよりも戸惑いしかない。

(え、なに。ちょっと待って、何が起こっているの!?)

自分は絵を描いていただけだ。数日前に子供の竜を初めて描いた時に妄想した、竜に次から次へと絵を描いてほしいと頼まれる夢のような状況に心躍らせていたが、それだけだ。

竜騎士として望まれるのは嬉しいことは嬉しいが、ここまでになるといくらなんでも怖くなってくる。

「あの、皆様方、何かの気の迷いで――」

うだった。

四方八方から差し出され、どこにも逃げ場がない。少しでも動けば硬く鋭い鱗で怪我をしそうだった。

『いやいや、気の迷いではないぞ。そなたの絵が気に入った！　是非とも儂の騎士に』

『ちょっと、おじーちゃんは引っ込んでいて。飛べなくてもかまわないわ。アタシの初めての竜騎士にしたいんだけど、どうかしら？　初よ、初』

我も我もと売り込んでくる竜たちに、どう説得すれば切り抜けられるだろうかと、あまりよくない頭を必死で回転させる。

——とその時。低い竜の咆哮が響き渡った。次の瞬間、頭上にひしめいていた竜たちの顔が怯えたようにさっと引っ込む。そうしてすぐさま人垣ならぬ竜垣を割るように、無数の若木が地面からするすると伸びて生垣を作った。

（今度は何!?）

エステルが恐れおののいていると、突如現れた若木の生垣の間を若葉色の髪の自分の弟が焦ったように駆け抜けてきた。

「エステル！　押し潰されていないよね!?」

「ぐえっ、い、今まさに押し潰されそうよ……」

助かった、と思う間もなくユリウスに力任せに抱きつかれながらその背後に目をやると、若葉色の透き通るように美しい鱗を持つ弟の主竜がそこに佇んでいた。

『み、みんな、ちょっと落ち着こう。エステルを困らせないでほしいな』

おずおずと頼むセバスティアンに、群がっていた竜たちがさらに一歩下がった。緊張感が走ったような様子に、エステルは驚いて目を瞬いた。

（セバスティアン様を怖がっているようだけれども……。本当に強い竜なのね）

やはり上位の竜を怒らせることは、他の竜にとっても怖いものなのだろう。

とにもかくにも助かった、と安堵していると、ようやくユリウスが腕を解いてくれた。

「いくら頼まれるのが嬉しいからって、あんまり安請け合いしたら駄目だよ」

「……ごめんなさい」

さすがにあれは自分だけではどうしようもなかった。

心底感謝しつつ謝っていると、人の姿になったセバスティアンが得意満面（とくいまんめん）といった風情で小走りに駆けてきた。

「ユリウス、僕、ちゃんと力の制御ができたよね。みんなにも注意したし」

「欲を言えば、もう少し威厳がある言葉でお願いしたかったんですが……。でも、ありがとうございます」

礼を言うユリウスの傍で、エステルもまた頭を下げる。

「ありがとうございます、セバスティアン様。どうしようかと思いました」

エステルの言葉を受けたセバスティアンが満面の笑みを浮かべて、胸を張った。

「エステルのためだけじゃないよ。みんなのためでもあるから。ジークの番に無理を言ったら、僕より怖いからね」

ただでさえ緊張していた空気が、ふっと一瞬にしてさらに凍りついた気がした。

「……つがい？」

聞き慣れない言葉にエステルが首を傾げるのと、ユリウスが悪魔のような形相でセバスティアンを睨み上げるのはほぼ同時だった。

「馬鹿なんですか？　ねえ、馬鹿なんですよね。喋ったら食事を減らしますよ、と言ったじゃないですか。だからエステルの傍に近づけたくなかったんですよ！　このまま知らないふりをしておけば、帰れたかもしれないんですから」

「ご、ごめっ、ついうっかり言っちゃって……。お願いだから、それだけは！　せめておやつだけにっ」

どちらが主従なのかわからないやり取りをしている彼らを止めようとして、エステルは周囲の竜たちが塔の上とこちらを交互に見て信じられないとでも言うように、ざわめいているのに気づいた。

（上に誰かいるの？　……あ、クリストフェル様と、あれは……銀色の髪？　銀の竜！）

一瞬湧き起こったのは、今日は竜の姿ではないのか、という落胆。しかしすぐに恐ろしさに取って代わる。

「ユリウス、ユリウス、銀の竜に睨まれているんだけれども、まだ絵を描かせてほしいって言ったり、叩いたことを怒っていると思う⁉」

セバスティアンに対して怒りをぶちまけているユリウスの背をばしばしと叩くと、弟は勢いよく振り返った。

「そこなの⁉　もっと別に気にするところがあるよね？　姉さんは銀の竜の番って言われているんだよ」

頭をがしがしと乱暴にかいたユリウスに指摘されて、エステルは硬まった。

「……ん？　それってわたしのことなの？　番って……竜の伴侶のことよね？」

「どう考えたって今の話の流れだとそうじゃないか」

「――いやいやいや、……冗談よね？」

理解しがたい言葉に、頭の方が理解するのを拒否している。笑みを強張らせたまま、再び塔の最上階のバルコニーを見上げると、ジークヴァルドは未だにそこからこちらを睥睨していた。

「ほら、すごく怖い顔で見ているじゃない。笑えない冗談を言って、銀の竜をもっと怒らせないで。取るに足らない人間の娘を、竜騎士ならまだしも番になんか望むわけがないでしょ」

から笑いをして、胸に抱いていたスケッチブックを持ち直す。

「望むとか望まないとかの問題じゃないんだよ。本人の意思は関係ないんだから――」

ユリウスが冗談などひとかけらもない真剣な表情で、言い募ってきた時だった。

「――人の娘が番！　こりゃジークヴァルドも憐れだなぁ」

唐突に笑声が響いたかと思うと、セバスティアンが作った若木の生垣を踏みつけて、濃紺の髪の青年が進み出てきた。その頭からは山羊にも似た黄金色の角が後ろへ向かって大きく捻じれるように二本生えている。

竜が人の姿をとった時の特徴は竜によってそれぞれ違うが、ここまで立派な角を残した竜をこんなに間近で見たことはない。人の姿になると神々しい優美な容姿が多い竜たちの中にあって、猫科の大型獣のような野性味溢れる雰囲気の竜の青年は、エステルに視線を向けたまま、縦に虹彩が走った金色の竜の目を酷薄そうに眇めた。

途端に、セバスティアンがぶるぶると震え出して、自分より背が低いユリウスの後ろに隠れてしまった。

「うわぁ、ルドヴィックだ……。僕、ジークより苦手なんだよねえ」

濃紺の髪の青年竜――ルドヴィックから値踏みされるかのようにじっと視線を注がれていたエステルは、居心地の悪さを感じつつそっとセバスティアンに尋ねた。

「どういった方ですか？」

「ジークとほとんど変わらないくらい強い力を持っているから、次期長の候補、って言われてた。でも、少しでも気に入らないと弱い竜や人を傷つけるから僕は好きじゃない。人に興味は持たないけど、よっぽど酷い迷惑をかけない限りは無視するジークのほうがいい」

ぼそぼそと小声で教えてくれた事実に、おそるおそるそちらを見ようとすると、ふと近寄ってきたルドヴィックに間近で顔を覗き込まれた。

（——力のある竜は、容姿も特別に優れているものなの？）

思考が妙な方向に向かったのは、現実を直視したくなかったからだろう。今にも喉笛に噛みつかれそうな危険な色香が漂う強い視線に、体が強張ってしまって身動き一つ取れなくなる。

「エステル！」

視界の端に、割って入ろうとしたユリウスを、青い顔をしたセバスティアンが羽交い絞めにしてエステルたちから引き離していくのが見えた。

「へえ、これがあいつの番。間違いなく人だな。脆弱で、簡単に死ぬ」

嘲笑混じりの声と物騒な言葉に、背筋がぞっとする。

緊張と恐怖でからからに乾いた喉をごくりと鳴らすと、ふいにルドヴィックが素早く頭上を見上げて飛びのいた。

次の瞬間、突風が吹きつけてくる。とっさに目を閉じてしまったエステルの背後にかすかな物音とともに誰かが立った。包み込まれるような感覚に何事かとそっと目を開けたエステルは、視界に飛び込んできた銀の鱗に、驚愕して目を見開いた。

『離れろ、ルドヴィック』

エステルを自分の体と尾で守るようにしてそこにいたのは、塔の最上階のバルコニーにいたはずの銀の竜——ジークヴァルドだった。

「ははっ、さすがに必死だな、ジークヴァルド。人間に頼る必要のなかったお前が、人間に命を握られるのは、どんな気分だ?」

小馬鹿にしたように笑ったルドヴィックに、ジークヴァルドが喉の奥で唸る。それと同時に、すうっとひんやりとした風がエステルの頬を撫ぜた。時折当たる氷の粒にその怒りの大きさを感じて、息を飲む。

(力を溢れさせるほど怒るってことは、番の話は本当のことなの? それに命って……)

それでも信じがたくて、ジークヴァルドをまじまじと見上げると、銀の竜はこちらをちらりとも見ることなくルドヴィックを見据えていたが、やがて大きく息を吐いたかと思うと氷交じりの風を収めた。

『言いたいことはそれだけか。長の見舞いを終えたら、さっさと棲み処に帰れ。竜騎士選定の邪魔だ』

「竜騎士なんて御大層な名前をつけたとしても、所詮は使い捨てだろうよ。選り好みする奴の気が知れねえな。使えない物、壊れた物はさっさと捨てて、新しい物に取り換えれば効率的じゃねえか」

人間軽視を隠そうともしないルドヴィックに、遠巻きにこちらを窺っていた竜たちの間から控えめながらも唸り声が上がった。

ルドヴィックがそれらを睥睨すると、竜たちがぴたりと押し黙る。

「ふん、人間に利用されているのがわかっているくせに、庇護してやる奴らはおめでたいな」

侮蔑の言葉を吐いたルドヴィックが猛々しい見た目に反して身軽にもとん、と地を蹴ると服を纏うように竜の姿へと変わる。その姿に、エステルは大きく目を見開いた。

(珍しい……、青に金の斑模様！　銀色もそうだけれども、金色の表現も難しいのよね)

荒々しい見た目の青と金の竜に、状況も忘れて魅入ってしまうと、ルドヴィックにじろりと見据えられた。すると、その視線から隠すようにジークヴァルドの薄氷のような翼が覆い被さってくる。エステルが驚いて後ずさりをしてしまうと、踵が銀竜の足に当たったのか、転びかけてついジークヴァルドの足に手をついてしまった。

「……っすみません！」

慌てて手を放し、ジークヴァルドをおそるおそる見上げると、じろりとこちらを見下ろしてきた銀の竜はすぐに興味を失ったかのように、顎を逸らした。

ルドヴィックが尾を楽しげに揺らして、嘲笑する。

『すぐに転ぶような鈍い人間の娘が番の次期長など、認められない奴らも出てくるだろうなあ。これからが見ものだ』

さも面白そうに言ったルドヴィックが翼を大きく羽ばたかせると、どこにいたのか、人の姿の時のルドヴィックと同じ濃紺の髪の男が、その背に素早く飛び乗った。その視線がちらりとこちら——銀竜に向けられる。まるで恨みでもあるような凍てついた男の目つきに、エステルは不思議なものを見るように目を瞬いた。

（あれは竜騎士？　でも……）

人を見下しているルドヴィックでさえも、竜騎士がいなければ力を操りにくいのだろうか。

エステルが戸惑いを覚えている間に、ルドヴィックは早々と空へと舞い上がった。

ルドヴィックの姿が見えなくなると、離れて様子を窺っていた竜たちの間に、どことなくほっとした空気が広がった。竜の姿のまま飛び去ったり、人の姿になって塔へ向かったりと思い思いの行動を取り始めた竜たちは、ちらちらと名残惜し気にエステルに目を向けてくるものの、先ほどとは打って変わって一切声をかけることなく去っていってしまう。

（ああ……、行っちゃう）

おそらくジークヴァルドやセバスティアンといった強い竜がいるせいだろう。エステルが落胆していると、すぐ傍にあった銀の尾が苛立ったようにばしん、と地を叩いた。

はっと我に返って、銀竜を再び見上げる。

「かばってくださいまして、ありがとうございました」

『礼を言われる覚えはない。自分のためだ』

エステルの感謝の言葉をばっさりと切り捨てたジークヴァルドは、すぐさま一陣の風と共に人の姿へと変わった。そこに現れた不機嫌そうな青年の姿に後ずさりかけたエステルだったが、ふいに強い力で腕を引かれたかと思うと、鼻先を顔の横に近づけられる。

あまりにも唐突すぎて、反応が遅れた。陶器のような白い頬と軽く伏せた切れ長の目尻が目の前にある。首筋をくすぐった吐息にぞわりと鳥肌が立ち、とっさに振り払おうと力を込めた。

「──っ!? な、なにを──っ」

「……やはり番の香りに間違いないか」

掴まれた時と同じような唐突さで、腕を放される。軽くよろめいたエステルは、掴まれていた場所を押さえてジークヴァルドから慌てて離れた。

竜の姿の時に鼻先を寄せられたのとはわけが違う。どことなく感じる恐れに、嫌な汗が滲んできた。

エステルの動揺を気にかけることなく、ジークヴァルドはバルコニーから降りてきた黒い竜──クリストフェルが人の姿をとって背後に控えたところを振り返った。

「クリス、これの部屋を宿舎から塔に移動させろ」

「塔でよろしいのですか？　ご自分の棲み処にお連れになられなくても」

「いくら番でも、人間を棲み処に立ち入らせるつもりはない。番の誓いの儀式を終えてもな」

こちらを睥睨するジークヴァルドの硬質な竜の目にエステルは肩を揺らしたが、自分を置いて勝手に決められてはたまらない。覚悟を決めて口を開いた。

「──あのっ、何の力もない人間のわたしを番に選ばれましても、意味がないと思います。ただでさえわたしは高いところが苦手です。竜の伴侶にはふさわしくはありません」

　ありえないとは思うが、見初めたから、というのならばまだわかる。叩いた娘を見初めるのか、というのは置いておくとしても。ただ、ジークヴァルドの言動からはまったくそれが感じられない。それなのに竜を感心させるほど聡明であるわけでもなく、一国の王族というわけでもなく、絵を描くことが好きなだけのただの人間である自分を番にする利点がわからない。

「認めたくはないが、お前からはなぜか番の香りがする。だからお前は俺の番らしい」

「番の香り？　……よく、わかりませんけれども、認めたくないのでしたら、認めなければいいのでは……。どうしてそんなに頑なに番だと仰るんですか？」

　実に不満そうに答えたジークヴァルドが、それ以上は説明する気がないのか、納得いかないエステルを残して踵を返しかけた。

「自分の番からしか、番の香りを感じ取ることができない。――番を得られないと、子を残せないばかりか、命に係わるからですよね」

　ふいに背後から発せられた弟の声に、エステルは目を見開いて振り返った。

「ユ、ユリウス、駄目だってば。番の問題に口出ししたら、殺されるよ」

　強張った表情のセバスティアンに未だ羽交い絞めにされたまま、ユリウスが立ち止まったジークヴァルドを鋭く睨み据えていた。

「どういうことなの？」

そういえば、先ほど青金斑の竜ルドヴィックも命を握られると言っていた。首をかしげてユリウスに問いかけると、今度はこほんとクリストフェルが咳払いをした。

「あまり人には知られていないと思いますが……。番を得られないと、力がうまく巡らず体を蝕み、寿命が短くなるのですよ。自分の力に殺されるようなものです。力を安定させるにはどうしても番が必要です。ですから竜は何よりも優先して、番を見つけることに必死になります。普通は成竜になってそう経たずに見つかるものなのですが……」

真剣な表情で説明するクリストフェルのすぐ傍で、ジークヴァルドがなおのこと眉間の皺を深くした。思ってもみない事実をいまいち飲み込めずにエステルが呆然としたままでいると、ユリウスがさらに言い募った。

「貴方にはなかなか番が見つからなかったと聞いた。ようやく見つけた番が人間だったとしても、命が短くなることに比べればましだ。それでも、下位の人間に命を握られるんです。竜にとってはこれ以上の恥辱はないでしょう。どう考えたって、エステルをまともに扱うわけがない。――俺は、絶対に姉を竜の番にはさせない！」

ユリウスの宣言に、ジークヴァルドがすっと目を細めた。恐ろしく整った顔には、嫌悪なのか怒りなのかそのどちらとも取れるような表情が浮かんでいる。

「随分と見下げられたものだな。セバスティアンの竜騎士だからといって、大概にしろ」

凍えるような空気が二人の間に流れる。エステルは慌ててその間に割って入った。

「待ってください。そんなに番が重要なものなら、やっぱりわたしが番だということはないと思います。番の香りがするのも、何か別の香りと勘違いされているのでは——……っ」

ジークヴァルドにきつく睨まれて、エステルは飲まれたように言葉を止めた。口を閉ざしたエステルから目を逸らしたジークヴァルドが、面倒そうにセバスティアンへ視線を向ける。

「セバスティアン、クリス、この娘から番の香りを感じるか」

「えっ、……ううん、全然」

「いいえ。ユリウスと似た香りを感じるだけです。甘い番の香りは感じ取れません」

きょとんと答えたセバスティアンと、にっこりと微笑みつつ返答するクリストフェルに、エステルは冷や汗が流れるのを感じた。

(配下のクリストフェル様はともかく、セバスティアン様が感じないってことは……)

ジークヴァルドの勘違いでもなんでもなく、エステルは間違いなく番なのだろう。

それを理解した途端に、勝手に口が動いていた。

「すみません！　大変申し訳ないのですけれども——お断りします！　わたしは番ではなく、竜騎士になりに来たんです」

口走ってしまってから、はっと我に返って片手で口元を押さえる。

「断る、だと？」

ジークヴァルドが眉間の皺を一層深くして睥睨してくる。

口を閉ざしたまま、それでもエステルが必死でこくこくと頷くとジークヴァルドが一歩近づいた。その足元が音を立てて凍り付いていく。

「断れると思っているのか」

(思ってはいませんけれども、無理なものは無理です!)

いくら幼い頃から憧れていたとはいえ、番になりたいなどとは望んでいない。

顔を引きつらせて、どうにかならないかと少しずつ広がっていく氷から逃げるようにじりじりと後ずさっていると、おそるおそるというようにセバスティアンが口を開いた。

「ジ、ジーク……、エステルも混乱しているだろうし、ちょっと時間を与えてあげれば? そんなに怖い顔で迫ったら、逃げたくもなるよ」

セバスティアンからの援軍にエステルが感謝のまなざしを向けると、ジークヴァルドがセバスティアンをじろりと睨んだ。

「ひぃっ——って、ユリウスが言ってる!」

「……俺に押し付けないでください」

ジークヴァルドの氷の視線に震え上がったセバスティアンが、自分の竜騎士を売るのに弟ともども脱力したエステルは、ふと足元に広がりつつあった氷が急速に引いていくのに気づいた。

「——番の誓いの儀式は竜騎士選定の終了後に行う。それまでには覚悟を決めておけ。命が惜しければな」

　感情があまり見えない淡々とした声で、脅迫めいたことを言い放ったジークヴァルドだったが、そのまま立ち去ろうとして何かを思い直したのか大股で近寄ってきた。

「高いところが苦手というのがどの程度なのか、確かめさせてもらう」

　そう言いながら、身構えたエステルの腕を先ほどと同じように遠慮なく掴んでくるジークヴァルドの間近に迫った美麗な顔に寒気を覚えた。

「……確かめる、って、どうやって――っ。えっ、ちょ、ちょっと待ってください！」

　持っていたスケッチブックを取り上げられ、クリストフェルに渡されてしまったかと思うと、肩に担ぎ上げられる。それに驚く間もなく、すぐにジークヴァルドが竜の姿へと戻った。そうするとちょうど首の横と翼の間の辺りにしがみつく格好になる。そこをさらに体を揺らされ、背中に転がされた。危うく舌を噛みそうになって、唇を引き結ぶ。

『飛ぶぞ』

「無茶しないでください！　竜騎士じゃないんですから、絶対に落ち――っ」

　エステルの抗議も空しく、ジークヴァルドが大きく翼を羽ばたかせる。ぐん、と空に舞い上がりそうな気配に、エステルは必死でその背にへばりついた。

　竜騎士なら力を分け与えられる等の関係で鞍がなくても乗れるらしいが、契約をしていない人間はそもそも竜が乗せてくれないので、乗れるのかどうかさえもわからないというのに。

（嘘おおおっ、無理ですって！　あ、塔が遠くなる――っ）

あっという間に塔が下に見えてくる。吹き付けてきた風に、誘拐された時のあの不気味な風の音と身を切るような冷たさを思い出して、全身ががたがたと震え出した。

「セバスティアン様！　追いかけますから、早く元の姿に戻って俺を乗せてください！」

『——ちょっと！　何をしているのよ、ジークヴァルド様は！　エステルを返してっ』

怒鳴っているユリウスに被せるように叫ぶ高い少女の声が耳に届く。おそらくはアルベルティーナだ。外の騒動に気づいて飛んできたのだろう。

エステルは遠のきそうになる意識をどうにか保とうと、眼前にある首の鱗を観察することに集中し始めた。

「大丈夫、大丈夫、これはちょっと動く床。わたしは地面にいるの。ほら、ずっと見たかった鱗がこんな近くにあるじゃない。観察しないと損だから。しっかり見ておくのよ」

『……何を言っている』

ぶつぶつと呪文のように唱え出したエステルを、ジークヴァルドが怪訝そうに振り返る。

「前！　前を見て！」

悲鳴じみた声を上げた拍子に、ずるりと手が滑った。内臓がひっくり返るような感覚に、さあっと血の気が引いていく。

（あっ、落ちる……っ）

そう思った時にはもう駄目だった。空中に体が投げ出されるのを感じるより先に、エステルはふっと意識を手放した。

強い風が吹いているのか、大きく取られた窓の向こうに広がる空は、吸い込まれそうにどこまでも青い。

エステルは塔の上層階に位置する部屋の窓とバルコニーの間に立ち尽くしたまま、わずかに揺れるスカートを両手で握りしめて早朝の空をまっすぐに見据えていた。

（一歩。一歩だけでもいいから）

バルコニーに出ようとしても、すくんで動かない足を動かそうとして、早数十分。エステルは大きく息を吸い込んで一度目を閉じると、すぐに開けた。

その勢いで、ぐっと足を踏み出す。面白いくらいに震える足で床を踏みしめ——数歩も行かないうちに、室内に駆け戻った。

ばくばくと速くなる心臓の辺りを押さえつつ、窓に背を向けて荒い呼吸を繰り返す。

「よし、今日の練習は終わり！」

全力疾走でもした後かのように額に滲み出た汗を、清々しい気分で手でぬぐう。

（少しずつでも高所恐怖症が克服できていればいいんだけれども）

自邸でもなるべく一日一回はバルコニーに出る練習をしていた。数年前までは、上階の窓に近づくことさえもできなかったので、多少は進歩していると思いたい。

少し落ち着くのを待ってから、エステルは部屋から出た。これから食事当番があるのだ。今日はリンダールとその他二つの国が当番になっている日である。

ふと、人間の王城にも劣らない堂々たる扉を見上げて、未だに信じられない昨日の出来事を思い起こす。

――お前からはなぜか番の香りがする。だからお前は俺の番らしい。

ジークヴァルドからはっきりとそう聞いた後、なんやかんやで背中に乗せられて飛ばれ、意識を失い、気がつくと宿舎に割り振られた部屋からこの塔の最上階に近い部屋へと移動が完了していた。

あまりの素早さに、唖然としたのは言うまでもない。セバスティアンがジークヴァルドを恐れて、弟に反論をさせなかったのも一役買っているようだが。

(でも、鍵もかけられていなかったし、わたしが逃げ出すとは思わないのかしら)

階下へと下りながら、そんな疑問を抱いたが、そもそも竜の望みを人が拒否するということが頭にないのだろう。だから部屋の移動だけであとは自由にさせているとしか思えない。

(他国の方と恋仲になるなとは言われたけれども、竜の番はどうなの？　なるつもりはないけれども、命が危なそうだし……)

それを考えると、とてつもなく重いものを背負わされた気がしてくる。

頭を悩ませながら厨房へと入ると、すでに調理を始めていた数人の竜騎士候補がこちらを振り返った。なぜかその顔には、一様に驚きの表情が浮かんでいる。

「すみません、遅れました。これを剥けばいいですか？」

聞かされていた開始時間よりも早かったはずだが、遅れてしまっただろうか。慌てて手伝おうと人参を手に取ると、リンダールの女性竜騎士候補が血相を変えて飛んできた。

「エステルさん、貴女は参加していただかなくとも、大丈夫です」

手にした人参を取り上げられて、やんわりと出入り口へと誘導される。

「え、でも……当番ですよね？　きちんと料理は学んできましたので、心配は――」

「次期長の竜に番として望まれた貴女にこんなことをさせましたら、竜の怒りを買います」

真剣な女性竜騎士候補の様子に、大きく目を見開く。

竜たちばかりではなく、人間にも番の話が知られているとは思わなかった。

「料理をしたくらいで怒りを買うとは思えませんけれども……」

「竜騎士として選ばれたのなら、そうでしょう。ですが、貴女は番です。竜騎士は仕える側ですが、番は竜と同等の立場なのではないでしょうか。このようなことはさせられません」

「あの、まだわたしは番には――」

なると決まったわけではない、と言い募ろうとして背後に気配を感じた。振り返ったエステルは、二人の他国の竜騎士候補らしき人物たちが眉を顰めてそこにいるのを見て、出入り口を塞いでしまっていたことに気づいた。

「――すみません、邪魔ですよね」

脇に避けると、他国の竜騎士候補はちらりとこちらに視線をくれて、一人は無言で厨房に入っていったが、もう一人は鋭く睨み据えてきた。確か彼はリンダールと不仲の北の隣国ルンドマルクの竜騎士候補だったはずだ。初日に食堂で話しかけられたので覚えている。

「竜の番ともなれば、雑務などしないで済むのでしょうね。羨ましい限りだ」

軽い嫌味を投げつけて、中に入っていくのを、エステルは目を瞬いて見送った。傍にいた女性竜騎士候補がこちらを気遣うように見たが、すぐに会釈をして作業に戻っていってしまう。

彼らの態度に、エステルは焦りを覚えてごくりと喉を鳴らした。

（これ、本当にもう『番』っていう認識よね。どうするのよ!?）

いっそのこと拒絶を無視して手伝えば認識を改めてもらえるだろうかとも思ったが、ここで強行突破をしても迷惑がられるだけだろう。

肩を落として、大きく息を吐いた時だった。

「エステル、やっぱりここにいたのか」

聞き慣れた声に振り返ると、叔父のレオンが珍しくアルベルティーナを伴わずにやってきたところだった。

「はい、食事当番でしたので来たんですけれども……」

苦笑いをすると、追い出されたことを察してくれたのか叔父は同じように苦笑して嘆息した。

「まあ、そうなるだろうな」

少し話があると言われて、叔父と共に部屋に戻ったエステルは、改まった様子で告げてきた叔父の言葉に驚くと同時にまじまじと見返してしまった。

「――エステル、お前、すぐにリンダールに帰るか」

真剣みを帯びた赤い目が、エステルをまっすぐに見据えている。

「帰れるんですか？」

「アルベルティーナとセバスティアン様がいれば、帰れる。いくらジークヴァルド様でも、さすがにそれなりに力のある竜二匹を相手取るのはしたくないだろうからな」

低く断言する叔父の言葉に、エステルはぎゅっと膝の上に置いた手を握りしめた。切羽詰まった気分を振り払うように、口を開く。

「でも、番を得られないと寿命が短くなるんですよね」

「今ならまだジークヴァルド様も人間を番とすることに迷いがあるだろう。いくら短くなるといっても竜の寿命は長い。別の番が現れる可能性はまだ十分ある。帰るのなら、番の誓いの儀式を交わす前の今だ」

「番の誓いの儀式……、それは人でいう婚姻の儀みたいなものですか？」

「似たようなものだな。ただ、書面上のつながりというより竜騎士の契約に近い。人よりも強制力は強く一生に一度きりしか行えない。だから慎重になる」

　エステルは静かに息を吸った。

　待ちに待った番を逃したくはないだろうが、まだ逃げ出せる余地はあるというのか。

「本当に大丈夫ですか？　リンダールが滅ぼされたりはしませんか？　ジークヴァルド様が前に、失礼を働いた竜騎士候補の国に、かなりの被害を与えたそうなんですけれども……」

「シェルバの話か……あれは、少し事情があってな」

　叔父の顔が険しくなった。

（ただ単純に、棲み処に押しかけられたから怒った、だけじゃないの？）

　考えてみればそうだ。いくらなんでも棲み処に踏み込まれたくらいで竜騎士候補に関係ない人々まで巻き込み、【庭】への出入りを禁止にするわけがない。複雑な事情があるのだろう。

　エステルの不安げな表情に気づいたのか、叔父は安心させるように笑った。

「まあ、ともかく、たった一人の人間の娘のせいで竜が国を滅ぼすような愚かなことはしない。大丈夫だ。俺としても、可愛い姪を竜の贄に捧げる気はないぞ」

　頼もしい笑みを浮かべて、叔父が頭を撫でてきた。幼い頃から変わらない仕草にほっとする反面、胸の奥には納得できないものがある。

「――もう、竜騎士にはなれませんか？」

甘えたことを言っているというのはわかっていたが、最後の望みをかけて真摯な目を叔父に向けると、レオンは困った顔をして自分の頭をばりばりとかいた。

「それは、なぁ……。俺がなれないと言ったとしても納得できないだろう。竜に取り合ってもらえるかどうか、今日一日、自分自身の目で確かめてみればいい」

「ありがとうございます。——わがままばかり言って、すみません」

叔父に感謝しつつ、退出しようとする叔父を見送ろうとその後についていくと、叔父が扉を開けた途端に、エステル目がけて赤い髪の少女が飛びついてきた。

「アルベルティーナ様⁉」

ぎゅうっとエステルの肩を抱きしめてくるアルベルティーナの後ろに、硬い表情のユリウスとセバスティアンが立っているのに気づく。どうやら叔父が一人で話をつけてくるとでも言ったようだ。

「んもう、レオン！　エステルを説得する必要なんてないじゃない。あたしは嫌よ。ジークヴァルド様の番にさせるなんて、絶対に嫌！　ユリウスだってそうでしょ」

「もちろんです。もし断ったことを国に責められたとしても、放っておけばいいんだ。エステルを見捨てるくらいなら、俺は国を出る。竜騎士が減って困るのは国なんだから。——いっそのこと、ジークヴァルド様を抹殺したいくらいなんですけれども、セバスティアン様は勝てますか？」

　ユリウスが険しい視線を隣に立っていたセバスティアンに向ける。

「……ユリウスって、エステルのことになると、無茶を言い出すよねー……。うん、でも、アルベルティーナに気を引いてもらえれば、消えない傷をつけるくらいはいけるかなぁ」

　こてりと自信がなさそうに首を傾けるセバスティアンは、しかしおそらく本気だ。

　物騒な相談を始めてしまったユリウスたちに、エステルは口元を引きつらせた。

「いけるかなぁ、じゃないですから！　そんなことをしたらリンダールが跡形もなく消えそうな気がするんですけれども!?」

　慌てるエステルに、ユリウスがしてやったとでも言うように、にっこりと笑った。

「それじゃ、そうなる前に帰ろうか。叔父さん、すぐに帰国の手配をして――」

「ちょっと待ってよ。勝手に決めないで。叔父様は今日一日考えてもいいって言ってくれたの。それにユリウス、貴方番のことを知っていたのに黙っていたわよね。気遣ってくれたのは嬉しいけれども、こんなに大事なことを一人で抱え込まないでほしかったわ」

「それは……」

　ユリウスを強く見据えると、なおも言い募ろうとした弟が気まずそうに押し黙った。そのまま悔しげに唇を噛みしめていたが、やがてそっぽを向いて渋々と頷いた。

「……わかったよ。でも、帰国の準備は進めておくから」

「ありがとう。心配ばかりかけて、ごめんなさい」

不貞腐れたような弟に溜息をついたエステルは、苦笑してその頬を軽く撫でた。

＊＊＊

エステルが広間に足を踏み入れた時、室内の空気がわずかに止まったような気がした。

（うわ……。すごく見られているわね）

毎日午後に行われている交流会は、顔合わせの時よりも竜の数が少なくなっていた。その分、一匹の竜に集まる人間の数は多い。広間の外を見やれば、中と同じように交流を重ねている竜と竜騎士候補の姿が見えた。

エステルが通りかかる度に竜と人の両方からちらちらと興味深げな、そして不審そうな視線が突き刺さってきたが、緊張はしても、気後れすることなく辺りを見回した。

（どなたかと少しでもお話できれば……）

ふいにぱちりと目が合った真っ青な髪色をした竜のもとへ行こうとしたエステルだったが、青い髪の竜はどこか怯えたように後ずさり、まるで逃げるかのように身を翻してしまった。

その傍に集まっていた数人の人間が竜の突然の行動に驚き、エステルの方を非難するかのように振り返ったが、すぐさま彼らは竜の後を追っていく。

（ああっ、邪魔をしてすみません！　でも、今の竜は……『わたし』を怖がっていたわよね。やっぱりジークヴァルド様の番、だってことを知っているから？）

昨日、ジークヴァルドが現れた時の竜たちと同じような反応だ。

落胆しつつも、誰か話を聞いてくれる竜はいないかときょろきょろと見回していると、ちょうど人が切れたオレンジ色の髪の竜がいた。

「あの――」

「あら、お前、こんなところに来たら駄目よ。それともジークヴァルド様が交流会の様子をお知りになりたいのかしら」

おっとりと困ったように眉を顰めたオレンジ色の髪の妙齢の竜の婦人は、あからさまに視線を逸らした。口調が穏やかなだけに悄然としつつ、エステルは首を横に振った。

「いいえ、そうではなくて――」

「そうでないのなら、迷い込んでしまったのかしら。出口はあちらよ。ここは竜騎士を選ぶ場ですからね。番のお前には関係ないわ」

微笑みつつも出入り口を示されてしまい、エステルは頭を下げて引き下がるしかなかった。

その後も竜たちには全く相手にされず、しまいには誰かが訴えたのか世話役のクリストフェルにお引き取りをと、文字通り襟首を掴まれて広間からつまみ出されてしまった。

（やっぱり、無理だったわ……。諦めないと駄目かしら）

高所恐怖症の話が出回った時よりも酷い。ここまで全く取り合ってもらえないとは思わなかった。追い出されてしまった広間の外のバルコニーで、大きく溜息をつく。視線の先には羨ましいことに庭園のあちこちで交流を重ねている竜と竜騎士候補たちがいた。

（いいわよね……、ちゃんと話を聞いてくれたり、得意な武芸を見てもらえて。わたしだったら――）

再び溜息をつきかけて、ぐっとバルコニーの手すりを握りしめる。

そもそも各国の威信をかけた竜騎士選定の場に、高所恐怖症の自分が来ることができただけでも奇跡だったのだ。

（羨んだって仕方がないじゃない。もともと期待はされていなかったようだし、お父様たちだってきっと……。あ、レーヴの護衛騎士隊長と姫騎士様。……――なに、あれ。すごく絵になる！）

ユリウスから去年選ばれそうだったと聞いた小麦色の竜の前で、同じレーヴの二人が手合わせを披露している。白熱した試合にご満悦なのか、小麦色の竜の尾が楽しそうに揺れていた。

落ち込んでいたことも忘れ、創作意欲を刺激されるままに、ポケットに忍ばせておいたスケッチブックに手を伸ばしかけた時だった。服の端を強く引っ張られ、ぎょっとしてそちらを見たエステルの目の前に、ぬっと竜の頭が現れる。危うく声を上げそうになって、慌てて悲鳴を飲み込んだ。

『ねえねえ、ジークヴァルド様の番。今日は絵を描かないの？』

興味津々といった目でバルコニーの手すりに乗っていたのは、【庭】に来て初めて絵を描いてくれとねだったあの砂色の子竜だった。

（大人の竜は目も合わせてくれないのに、子供の竜は怖いもの知らずなのかしら……）

だが、成竜に相手にされない分、話しかけられるのは素直に嬉しい。

「描けますよ。描きましょうか？」

『やったあ。あっちに行こう。みんなもいるの。お母さんたちは遊んでくれないし』

歓声を上げた子竜がぐいぐいと頭で背中を押して促してくる。よろめきつつもそちらを見たエステルは、庭園の噴水の傍で色とりどりの子竜や人の姿をした子竜が飛んだり跳ねたりして遊んでいるのに気づいた。

（うわぁ、可愛い！　え、でも行っても大丈夫？　親が怒るかもしれないけれども……。ううん、むしろ親御さんに気に入られればもしかしたら――。って、そんな下心はすぐに見抜かれるわよね）

だが、このままなんの収穫もなく帰るのは、悔しいし寂しい。

再度子竜に背中を押されて、ためらいを振り払ったエステルは意気揚々と子竜の群れへと足を向けた。

＊＊＊

三つある尖塔の内、中央塔の最上階にある長の部屋から出るなり、庭園から聞こえてきた甲高い子供のはしゃいだ声に、長の見舞いを終えたルドヴィックはうるさげに眉を顰めた。

「何の騒ぎだ」

「子竜たちがジークヴァルドの番と遊んでいるようです。数日前から、懐いて離れないとか」

部屋の外で待っていた自分の竜騎士が最上階から飛び立つためのバルコニーの方から歩いてきつつ、苦々しそうに答えた。

「あいつの番がねえ……。ふん、クランツの血筋なら、子竜を手玉に取るのはたやすいだろうよ。成竜でも危うい奴は危うい」

あの一族はだからこそ厄介で目障りだ。そのクランツの娘がジークヴァルドの番だということは、なかなか愉快な話でもあるが。

「――あれだけ懐かれているのを見せつけられれば、人も竜も心穏やかじゃいられねえな。しかも次期長の番だ」

もてはやされるというのはそういうことだ。

人間たちからどれほどの妬(ねた)みと嫉(そね)み、恨みにさらされているのか、あの娘はわかっているのだろうか。竜騎士選定は全(すべ)てが全て、希望溢(あふ)れるような輝かしいものではない。

「ルドヴィック様」

窺(うかが)うように竜騎士に呼ばれて、愉悦の笑みを浮かべる。

「いいぞ。少しついても。ジークヴァルドがどう出るか、楽しみだ」

うまくいけば、ジークヴァルドは番を得ることに失敗するかもしれない。

自分との長の座の争いでさえも興味のある素振りをしなかった銀の竜が、どういう反応を示すのだろうかと想像すると面白い。

子竜たちにいいように遊ばれているエステルをバルコニーから見下ろし、ルドヴィックは小(こ)馬鹿(ばか)にしたように鼻で笑った。

＊＊＊

「はいはい、並んでください。ああっ、そっちへ行ったら駄目ですよ！　竜騎士選定の邪魔になりますから。うぐっ、わかりました。一緒に描きますから。後とか先とかはないですから。泣かないでください」

　エステルは肩に頭をずしりと乗せてきた灰緑の子竜の鼻先を、宥めるようによしよしと撫でた。その足元では、エステルのスケッチブックをぱらぱらと楽しそうにめくりつつ寝転がる人の姿をした子竜の姿がある。

　庭園の片隅で子竜たちにまとわりつかれながら、エステルの頭は疑問でいっぱいだった。

（嬉しいけれども、どうしてこんなに懐かれるのかしら……。クリストフェル様にも頼もしいです、とか称賛されたけれども）

　交流会から追い出され、子竜に引っ張られていってから数日が経っていた。すぐに帰国できるわけではなく、準備が整うまで待機している間、なぜか朝から晩まで子竜たちにまとわりつかれている。今朝などは、エステルが滞在している部屋のバルコニーにまで数匹が押しかけてきていた。親はどう思っているのかわからないが、これまで苦情もなく乗り込んでも来ないことから、おそらく怒ってはいないのだろう。だが、それが不思議で仕方がない。

『エステル、鳥！　鳥が来た！　捕ってきてあげるね。ニンゲンは食べるでしょ』

「えっ、それは食べますけれども、今は大丈夫です。お腹いっぱいですから！　みなさん、待って、待ってください！」

　すぐさま飛んでいこうとする子竜の首に抱きついて押し留め、わっと沸き立つ子竜たちを引き留めようと声を上げる。しかしながら数匹の子竜たちは空へと舞い上がってしまった。

「あれって鷹よね……。狩る方が狩られそうになるなんて……」

ともかく鳥よ、早く逃げてくれとしか言えない。

はらはらと空を見上げていると、スカートの裾を引っ張られた。

「エステル、一緒に飛ぼうよ。僕乗せてあげる」

「そうですね、飛べたらいいですね。成竜になったら、乗せてくださいね」

地面に腰を下ろし、さらさらとしたクリーム色の髪の子竜を撫でていると、鷹を追いかけに行かなかった数匹の子竜が自分も撫でてくれと寄ってきた。人の姿と竜の姿の両方で迫ってくる子竜たちを順繰りに撫でてやりながら、ある種の危機感を覚える。

（これ、本当に今夜帰れるの？　叔父様たちがリンダールまで箱馬車を取りに行ったそうだけれども……。無駄にならないかしら）

今朝ユリウスから帰国の準備が整ったので今夜決行すると聞いた。秘密裏に動くのは苦労したらしく、数日かかってしまったそうだが、無事に帰れる気がしない。

悶々と考えごとをしながら、何ともなしに手近にあった草花で花冠を編み一匹の子竜の頭に載せてやると、それを奪い合って子竜が喧嘩を始めてしまった。

「すぐにまた作りますから！　落ち着いて――」

慌てて仲裁に入ろうとしたエステルは、ふと少し離れた場所でぽつんと一匹、空を飛ぶ子竜たちを見上げている空色の子竜がいるのに気づいた。

小さな鎌にも似た形の二本の透き通った水色の角が生えた子竜は、どこか寂しそうな雰囲気にも見える。気になって見ていると、花冠を勝ち取った子竜がそれに気づいた。

「あいつ、飛べないんだよ。かわいそうなんだ」

『そう飛べないのー。飛ぶのに失敗して怪我して、飛べなくなっちゃったの』

「怪我は治っているはずなのにね。飛ぼうとしてもやめちゃうの」

ねー、と顔を見合わせて心底不思議そうに首を傾げる子竜たちに、エステルはじくりと痛んだ胸に唇を噛みしめた。

飛べていたのに飛べなくなるのは、人間に例えると歩けないのと同じことだろうか。

(それまでできていたことができなくなるって、苦しいのよね……)

身に覚えのあるもどかしさを思い出しつつ、空色の子竜を見つめていたエステルだったが、やがてまとわりついていた子竜に少し待っていてくださいね、と言い含めると、そろそろとそちらに近づいた。

「――皆様、楽しそうですね」

鷹は無事に逃げ去ったのか、どこにも見当たらなかったが上空で楽しそうにじゃれあいつつ飛んでいる子竜たちをちらりと見上げて声をかけると、空色の子竜は驚いたようにこちらを見たが、すぐにふいと顔を逸らされてしまった。

『……羨ましいだろう、とか思っている？』

険のある声音に、エステルはそっとしておいた方がよかっただろうか、と逡巡したが、それでも立ち去らずにその場でしゃがみ込んだ。

「わたしは羨ましいと思いますから。空を飛ぶのは気持ちがいいんでしょうね」

『ジークヴァルド様に乗せられて、気を失ったくせに、よくそんなことが言えるよな』

「それは……否定できません。でも、飛べるのなら飛びたいと思うのは本当です。そうじゃなかったら、竜騎士候補として【庭】に来ません。ええと、まあ、……実際には、バルコニーにさえもほとんど出られないんですけれども」

慰める、というより自分の情けなさを暴露しているのに気づいて苦笑すると、子竜はいつの間にかこちらをじっと見つめていたようだったが、目が合った途端にぐるぐると唸りだした。

『だから何なんだよ。俺と一緒だとでもいうのかよ。俺はかわいそうじゃない』

「可哀そうだとは思いません。一緒にされるのは不快かもしれませんけれども、一緒でしたらいいとは思います」

『……？』

不審そうに首を傾げた子竜に、不謹慎ながらも可愛いと叫びたくなったが、ぐっとこらえて笑みを浮かべる。

「さっき、お仲間に聞きました。飛ぼうとしている、って。飛ぶ練習をしているんですよね？」

た。

子竜はぱちくりと目を瞬いたが、しばらくしてだん、と苛立ったように尾を地面に打ち付けた。

「わたしもバルコニーに出る練習をしているんですけれども、なかなか怖くて出られなくて。ですから、同じ練習仲間として一緒に頑張らせてもらえると嬉しいです。貴方が頑張っているのなら、もう一歩くらい、とか励みになりますし」

『……している、けど』

『なんなんだよ、お前。勝手に仲間って。そんなに一緒に頑張りたいのなら、俺の背中に乗って一緒に飛んでくれって言ったら、飛んでくれるのかよ』

子竜が挑発するように、エステルを見据えてくる。エステルは驚きに身を強張らせた。

(そうくるとは思わなかったわ。こ、子供の竜って確実に成竜よりも小さいわよね……。ただ、励ましあいたかっただけなんだけれども……。ああでも、言い出したのはわたしよね)

共感しただけなのだが、どうも子竜には同情されていると受け取られてしまったらしい。

エステルは一度息を細く吐いて、次いで覚悟を決めたようにぐっと拳を握った。

「――いいですよ。一緒に飛びます。ただ、わざと落とすように飛ぶのでしたら、遠慮しますけれども。それでももし飛ぶことができたら――。思う存分、わたしに絵を描かせてください」

にっこりとエステルが笑みを浮かべると、空色の子竜はそれを了承したかのように、小さく咆哮を上げた。

＊＊＊

「ジーク様、エステルを止めてください」

塔の着地場に降り立った途端に、人の姿のクリストフェルが珍しく慌てて駆け寄ってくる姿を見たジークヴァルドは、怒りを覚えるというよりもよくもそれだけ騒動を起こせるものだと、呆れた。

ジークヴァルドを叩き、絵を描いて竜を混乱させ、番だというのに竜騎士選定の場に乗り込んでつまみ出されたと聞いた。ここしばらくは子竜たちがまとわりつくのを利用されて面倒を見させられているとは気づかずに、嬉々として遊び相手をしていたのではなかったか。

『今度は何をした』

嫌な予感を覚えつつ人の姿になりながらジークヴァルドが尋ねると、クリストフェルは苦笑いをした。

「子竜にそそのかされて、共に飛ぼうとしています」

「……どういうことだ」

自分の背中に乗せた時には怖がって、意識を手放したというのに。エステルの行動が理解できず、不審げに眉を顰める。

「飛べない子竜と売り言葉に買い言葉で、一緒に飛ぶことになってしまったようです。子竜たちは喜んでおりますし、成竜はエステルに近づくのを嫌がりますので、誰にも止められません」

「お前が止めろ」

自分ならば落とすことはないが、飛べない子竜に乗ろうとするなど落下しないほうが奇跡だ。

「止めましたが、大丈夫だと言い切られてしまいましたので。それに子竜たちに邪魔をするなと阻まれてしまいました」

子煩悩な黒竜は、どうも自分の子以外にも甘いようだ。

舌打ちをして、エステルがいるという塔の庭園の方へ向かうと、庭園の一角に子竜たちが集まっているのが見えた。それを遠巻きに成竜たちが見守っている。さらにそれより離れた塔の傍に竜騎士候補たちが何事かと集まってきていた。

(竜に物怖じしない娘だとは思ったが、子とはいえ竜と口論するとはな……)

初めからあの娘はそうだ。他の人間が頭を下げて恭しくも畏怖を感じているような態度を崩さない中、敬う気持ちはあったとしても、こびへつらうことはせずに素直に自分の意見をはっきりと述べる。恐れることはあっても、無駄に竜におもねることはしない。

（アルベルティーナがそうさせたのか。だからこそ、竜の番を断るなどという考えが浮かんでくるのだろうな。まったく、面倒な娘だ）

あの奔放で大らかな赤い竜に可愛がられて育てば、ああなるのかもしれない。

ジークヴァルドがやってきたのに気づき、成竜たちが慌てて道を空ける。その中に、どこか不満げに下がる竜を見つけて、ジークヴァルドはわずかに目を眇めた。

ジークヴァルドの表情の変化に気づいたクリストフェルがすっと近づく。

「あれに気をつけておけ」

囁くような声でクリストフェルに告げると、側近の黒竜は察したように小さく頷いた。それを横目で確認し、前を見据える。

視線の先には子竜たちに応援されつつ、空色の子竜の上に乗るエステルの姿があった。

すぐ傍では弟とセバスティアンがやめさせようと躍起になっているようだった。

「あっ、ジーク、エステルを止め――」

ふとこちらに気づいた人の姿をしたセバスティアンが、声をかけかけて顔を引きつらせる。

真剣な顔で空色の子竜の背に乗っていたエステルが、その声に顔を上げてこちらを見た。

しまった、とでも言うような表情にジークヴァルドは呆れ返り嘆息した。

「――何をしようとしている」

＊＊＊

ジークヴァルドの抑揚がなくとも呆れたように聞こえる声に、エステルの周辺で声援を送っていた子竜たちが怯えたように離れていった。エステルが乗っていた空色の子竜が小刻みに震え始めるのに、エステルは自分もまた畏怖を感じつつも宥めるようにその頭を撫でながら、恐々と口を開く。怜悧な顔立ちがなおのこと恐ろしさをかき立てた。

「ええと……、その、わたしが高いところが苦手なので、それを克服するための練習に付き合ってもらっています」

「理由は聞いていない。どういう結果になるのか、わかっていてそれをやっているのか、と聞いている」

「わかってはいます。でも――」

子竜から降りて先を続けようとすると、ふとジークヴァルドが不機嫌そうに鼻を鳴らした。

「血の匂い……。お前、なぜそんなにあちこちに傷を負っている」

「え？　うわ……これって……」

手や腕にいくつかの引っかき傷を見つけて、目を見開く。竜の爪は鋭い。成竜は意図しない限りは傷つけないだろうが、子竜ではまだ加減が難しいのだろう。

「子竜と遊ぶのに夢中で気づきませんでした」

苦笑いをして傷を撫でると、すぐ傍に留まっていた空色の子竜が怯えたようにぶるりと身を震わせた。ジークヴァルドがさらに眉を顰める。

「――本当に人はもろいな。傷つくのが嫌なら、近づくな」

「傷つくのが嫌でしたら、竜騎士候補としてこちらには来ません。竜騎士は日常的に怪我を負うことが多いのは知っていますから、気になりません」

叔父やユリウスの様子を見ているので、多少の怪我は怪我のうちに入らないのはわかっている。人とは違う、硬い鱗(うろこ)と鋭い爪を持つ竜を相手にするのだ。いちいち気にしてはいられない。

「お前はもう竜騎士候補ではないだろう。怪我をされて迷惑をこうむるのは俺だ。――ああそうか……」

何を思ったのか、ジークヴァルドはそう独(ひと)り言(ご)ちると、唐突に本来の竜の姿へと戻った。午後の眩(まぶ)しい日差しが、銀の鱗に反射してきらりと優美に輝く。それに見惚(みほ)れかけて、はっとする。

（ま、また乗せられて飛ばれる!?）

警戒して身構えると、その腕を後ろからユリウスが掴んできた。傍にいる水色の子竜も恐れるようにこちらに身を寄せてくる。

ジークヴァルドはエステルが見ている目の前で首か肩辺りから一枚、自分の鱗を引き抜くと地面に置いた。そうして己の腕を噛んで傷つけると、滴り落ちた血を爪の先から一滴、鱗に落とした。一瞬血に染まった鱗は、吸い込むようにすぐに元の銀色にうっすらと青味がかった色に戻る。

（え、あれって、竜騎士の契約の……）

ざわり、とこちらを見守っていた竜たちと、塔の傍にいた人々が騒がしくなった。腕を掴んでいたユリウスの手にも、ぐっと力がこもる。エステルもまた驚きに、息を飲んだ。

『これを飲め。一番簡単な方法だが、この鱗を砕いて飲めばお前は俺の竜騎士だ。竜騎士なら怪我を負っても常人より早く治るのは知っているだろう』

ジークヴァルドに鱗をくわえて差し出され、反射的に手を出しかけたエステルは、ふと我に返って慌てて引っ込めた。

（竜騎士にはなりたいけれども、受け取ったら番になるのを認めたことになるわよね？　ああでも、すごく欲しい……）

エステルが葛藤（かっとう）していると、ふいにユリウスに腕をそっと引かれた。

「エステル、誘惑に負けたら駄目だよ。竜騎士になったとしても背中から落ちなくなるだけで、高所恐怖症が治るわけじゃないんだから」

こそっと小声で指摘され、エステルははっと気づいた。それとほぼ同時にぱきり、とジークヴァルドの口元で鱗が割れた音がした。エステルが瞠目したその前で、ジークヴァルドの喉が動く。

（あああああっ、もったいない！　飲み込んじゃったわよね？　飲み込むくらいなら……。って、そんな場合じゃないのはわかっているんだけれども！）

先ほどの鱗とは別の鱗が抜いた時に落ちていないかと、つい地面を見てしまったのは、もうどうしようもない。

『――番の弟だと思ってこれまで許していたが……。下がっていろ。邪魔だ』

地の底を這うかのような声がジークヴァルドの喉からもれる。ふっと冷風が湧き起こり、それに混じった細い氷のナイフのようなものがユリウス目がけて襲いかかろうとする。エステルはとっさに弟を守ろうと抱え込んだ。

『ジーク！　誰の竜騎士に手を上げようとしたのか、わかっているんだろうね』

そんな怒声とともに、氷をはたき落とす勢いで立ちはだかったのは、瞬時に竜に姿を変えた若葉色の鱗も美しいユリウスの主竜だった。

『そんなに怒るくらいならば、きちんと自分の竜騎士を躾けろ！』

飛びかかって噛みつこうとしたセバスティアンに、怒気もあらわにジークヴァルドがひらりと舞い上がり、先ほどと同じような氷交じりの突風を起こす。

一瞬吹き飛ばされそうになったセバスティアンが、すぐさま体勢を立て直したかと思うと、再び吼えた。次の瞬間、庭園の生垣が鋭く伸びて、ジークヴァルドを突き刺そうとする。

エステルは悲鳴を飲み込み、弟の腕をきつく掴んだ。

「どうにかできないの!?」

「無理だよ！　いくら俺が竜騎士で普通よりちょっと頑丈でも、竜同士の争いに人間が割って入れるわけがないじゃないか。ましてや、次期長とその少し下の竜だよ？　絶対に死ぬ」

塔の中へ避難しようにも、まるで嵐のような風と舞い散る枝葉や氷のせいで移動できずに、できるだけ身を縮めてしゃがみ込むことしかできない。

（竜のどなたかが止められないの!?）

ユリウスの言う通り、上位の竜たちの争いに首を突っ込めるのはたとえ竜でもいないのか。

そうこうしているうちに、生垣をなぎ倒すようにセバスティアンが落ちた。その衝撃で、等間隔に植えられていた木々が次々と倒れていく。

思わず身をすくめかけたエステルは、成竜の争いに飲まれてしまったのか、倒れかけた木の下でうずくまる空色の子竜を見つけて、とっさに駆けだした。

「逃げてください！」

「エステル、下！」

ユリウスの声にはっとして足元を見たエステルは、波打った地面からまるで槍のような木の根が襲いかかってくるのに、素早く飛びのいたが、避け損ねた根に弾き飛ばされかけた。

「――っ⁉」

ぐいと襟首を誰かに掴まれて、引っ張られる。なぜか宙に浮いた足の下に、鋭く尖った木の枝が無数に生えているのが見えた。

（え……）

何が起こったのかわからなかったが、宙吊りにされているのだと頭が理解した途端、身の底から震えが湧き起こる。

「――っ、降ろして……っ」

強張った喉から漏れた声は、情けないほどかすれていた。ふっと襟首を掴んでいた力が緩む。内臓が持ち上がるような浮遊感に息を詰めたが、すぐに足元が地面についた。

足に力が入らず、がくりと崩れて地面に膝をつく。同時に揺らいだ視界に、体を支えきれずに突っ伏そうとすると、それを留めるように体の前に誰かの腕が差し出されて肩を支えられる。

「――すみません。あり……！」

礼を口にしつつそちらを見たエステルは、そこに明らかに怒りに満ちた表情を浮かべ、無言でこちらを見据える人の姿のジークヴァルドを見つけて、思わずひっと悲鳴を上げかけた。

＊＊＊

夜の静寂に満たされた塔の一室で、エステルは頭を抱えていた。

(閉じ込められた……！)

昼間の子竜との騒動の後、滞在していた部屋に連れ戻されると、扉と窓に鍵をかけられてしまったのだ。

目を回してふらついていたエステルを部屋に放り込んだジークヴァルドは「出るな」と一言残して去っていったが、そのたった一言に込められた怒りは寒気を覚えるほど怖かった。

「今夜、逃げ出す予定だったのに……」

夕食を運んできてくれた竜の給仕に、一切音沙汰のないユリウスや叔父がどうしているのか聞いてみたが、一度も目を合わせることなく、無言で出ていってしまう。

(食事を出してくれるだけありがたいけれども、これじゃ囚人よね……。いや、うん、騒ぎを起こしたのはわたしなんだけれども。ユリウス、叔父様、本当にごめんなさい！)

こんな時でも美味しく感じるパンをもそもそと口にしながら、溜息をつく。

(竜騎士選定が終わるまで、閉じ込められたままなのかしら……。まだ二か月以上あるわよね)

ジークヴァルドは「竜騎士選定が終わるまでに覚悟を決めろ」と口にしていたが、その間に逃げ出せるだろうか。

「あの子竜は、大丈夫かしら」

エステルと一緒に飛ぼうとした空色の子竜は、ジークヴァルドの怒りに触れていないだろうか。何らかの罰を受けていたらと思うと、申し訳ない気持ちでいっぱいになる。

様々な心配をしつつ食事を終えると、気を紛らわせようとスケッチブックと木炭を手に取った。描き始めたのは、昼間のジークヴァルドとセバスティアンの争いだ。渦中（かちゅう）にあった時にはどう止めればいいのか必死だったが、過ぎ去った今はあれほどの迫力があるものは、描き留めておかなければ、と妙な使命感に駆られて仕方がない。

（そういえば、あの時木の根から助けてくれたのは、ジークヴァルド様よね？　お礼を言いそびれたわ）

その後の倒れかけたところを支えてくれたのもジークヴァルドだった。嫌々そうだったとはいえ、助けてくれたことには感謝しなければ。

どうやって伝えればいいだろうかと考えていると、ふいに扉が叩かれて鍵が開けられた。現れたのは、先ほどの給仕の竜とは別の、深緑色の髪と尖った耳を持った竜だった。

「ジークヴァルド様がお呼びだ」

やはりこちらを見ることなく、目を伏せてそう言い放たれて、エステルは首を傾げた。

「ジークヴァルド様は塔にいらっしゃるんですか？　いつも夜は棲み処へと帰るようですけれ

ども」

「昼間の騒動の事後処理に時間がかかり、今夜はこちらに留まられている。お前にもあの時の状況を詳しく聞きたいそうだ」

淡々と述べられる言葉に、エステルは顔を引きつらせた。すでに嫌な予感しかしない。どれほど叱(しか)られるのかと思うと、なおさら頭を抱えたくなる。

びくびくとしつつ、大人(おとな)しく迎えに来た竜について外に出て歩き出すと、しばらく行ったところで、柱の陰からこちらを窺う空色の髪の子供がいるのに気づいた。その額からは透き通るような水色の小さな二本の角が生えている。

(あれは……、一緒に飛ぼうとした子竜？　無事みたいで、よかった)

安堵したエステルと目が合った途端、空色の髪の子竜は意を決したかのように、こちらに駆け寄ってくるなり、その勢いのままぱっと何かを差し出した。

「わ、悪かったな！　一緒に飛んでくれなんて無茶を言って……。これ、やる！」

ばつが悪そうな子竜に差し出されたのは、庭園でエステルが花冠を作った際に使った一輪の花だった。驚きのあまりすぐには受け取れないでいると、子竜は不安そうに眉を下げた。

「気に入らない？　鳥の方がよかったか？」

「いいえ、とても嬉しいです。わたしも怒らせるような言い方をしてしまってすみません。それに飛ぶと決めたのはわたしですので、気にしないでください。――似合いますか？」

苦笑して花を受け取り耳の横に差すと、子竜はほっとしたように満面の笑みを浮かべたが、すぐに不審そうに首を傾げた。

「こんな時間にどこに行くんだ？」

「ジークヴァルド様に呼び出されたんです」

「ジークヴァルド様に……。――俺も行く！」

真剣な表情で言い募ってくる子竜に、エステルがどうしようかと迎えに来た竜を見ると、険しい顔で首を横に振られた。

「駄目だ。呼び出されたのは、その娘一人だ」

「エステルはジークヴァルド様に怒られに行くんだろう。だったら俺も行く。一緒に謝る」

エステルの腕にしがみつき、断固として譲らない子竜を迎えに来た成竜は苦虫を噛み潰したような表情で見据えていたが、やがて渋々と頷いた。

「勝手にしろ」

さっさと先を歩いていってしまう竜に、エステルと子竜は顔を見合わせて笑った。

「一緒に来てもらえて、心強いです。少し怖かったので」

「俺だって、怒られるのは怖い。でも、飛べない仲間だから、一緒に行く」

はにかんだように笑う子竜に、エステルは思わずその頭を撫でてしまったが、子竜は怒ることなく嬉しそうにエステルの腕を引っ張って早く行こうと促した。

＊＊＊

「あれ？　ジークヴァルド様の部屋ってあっちの塔の上だよね。クリストフェルが上っていったのをさっき見たけど」

　子竜がそんな声を上げたのは、エステルが滞在していた部屋から出てしばらく下へ下りた時だった。三つの尖塔は中ほど辺りが渡り廊下でつながっている。隣の尖塔へ行く渡り廊下の前で立ち止まった子竜は、不思議そうに首を傾げていた。

「お待ちなのは部屋ではない。庭園のほうだ」

　先導していた竜が、ちらりとこちらを振り返り、すぐにさらに下へと下りていく。

　ふうん、とどこか納得がいかなさそうな子竜に、エステルはかすかに不安を覚えて小声で尋ねた。

「何か気になりますか？」

「うん、ジークヴァルド様は庭園は目立つから嫌ってる、って父上に聞いた。だから少しおかしいなと思うんだ」

心もとなさそうにエステルを見上げてきた子竜が、つないだ手に力を込めてくる。

（棲み処に番だとしても人間を入れたくないくらいだから、部屋にも入れたくないんだろうとか考えれば、おかしくはないけれども……。――まさか、ジークヴァルド様の使いの竜じゃない、とかいうことはないわよね？）

何の疑いもせずについてきてしまったが、大丈夫だっただろうか。疑念が足の動きを鈍らせ、知らず知らずの内に歩みが遅くなる。

「おい、早く歩け。ジークヴァルド様をお待たせするな」

ふとエステルが遅いことに気づいた使いの竜が振り返る。一度こちらを蔑んだ目で見据えると、使いの竜はすぐに前を向いた。

（今の目……。怯えた目じゃなかった）

ジークヴァルドの番だと広まってからは、恐れや怯えの混じった目を向けられるか、もしくは初めから目を合わせてはくれなかった。

あれと似た目をどこかで見たことがある。侮蔑と嘲笑が交じった目を。

――『すぐに転ぶような鈍い人間の娘が番の次期長など、認められない奴らも出てくるだろうなあ。これからが見ものだ』

ふと思い出したのは、人間軽視を隠しもしないもう一匹の長候補だったという、青金斑の鱗の竜・ルドヴィックが嘲るように口にした言葉だった。

(わたし、もしかして他の竜騎士候補からだけじゃなくて、一部の竜の方々からも恨まれているんじゃ……)

遅まきながらその可能性に気づき、背中を冷たい汗が伝った。もしそうだとしたら、このまま、ついていくのは危険だ。

つないでいた子竜の手をぐっと握りしめる。不安げにこちらを見上げた子竜に声には出さずに唇の動きだけで「逃げましょう」と伝えようとした時、下から誰かが上がってくる気配がした。ここで何かしら理由をつけて足を止めれば、人の目があるということで危険は回避できるかもしれない。

緊張しつつも、エステルは大きく息を吸った。

「すみません、ちょっとお腹が痛――」

言いかけたエステルはそのまま口を噤んだ。先導していた竜の脇をすり抜けて、下から数人の人間が駆け上がってきたかと思うと、エステルを捕まえようとしたのだ。

伸ばされた手を素早く避けると、男は驚いたような表情をした。その顔も、他の男たちも見覚えは全くない。

(時々突っかかってくるルンドマルクの方かと思ったけれども……。箱入り令嬢だって言われていても、わたしだってクランツ家の娘なのよ！　高いところは怖いけれども！)

腕力はなくても、普通の令嬢よりは動ける自信がある。弟と一緒に父に仕込まれたのだから。

別の男がナイフを取り出し、こちらへと振りかざしてくる。身をよじってそれを躱したところへ、子竜が男に躍りかかるようにして突き飛ばした。

「エステルになにするんだよ！」

子竜とはいえ、人の子供とは違う。勢いよく突き飛ばされた男が、階段の壁にぶつかってずるずると座り込み気を失った。その力強さに、再びエステルを捕らえようとした別の男たちは怯んだように、距離を空けた。いつの間にいなくなったのか、先導していた竜の姿が見えない。

「逃げましょう！」

怒りのためか、空色の鱗で覆われ始めた子竜の腕を取って、エステルは上へと駆け上がった。下へは下りられない。だったら、上だ。

子竜とともに、来た道を引き返す。静まり返っていた階段に慌ただしい足音が反響して、実際の人数よりもさらに大勢に追いかけられているような錯覚がした。

「エステル、こっち。ジークヴァルド様の部屋へ行こう！」

子竜に促されるまま、先ほど子竜がクリストフェルを見かけたと言った、渡り廊下の方へと足を向ける。しかしながら、尖塔と尖塔をつなぐ壁のない橋のような渡り廊下を前にして、エステルは思わず足がすくんで立ち止まってしまった。

「どうしたんだよ。早く行こうよ」

子竜に焦ったように腕を引っ張られて、おそるおそる足を踏み出したエステルだったが、数歩踏み出しただけで、あまりの高さに恐怖で足が動かなくなった。

(動いて！　ほんの少しの距離じゃない。動かすのよ！)

行かなければ、と思うのにどっと汗が噴き出し、呼吸が荒くなるだけで身動き一つ取れない。

「エステル！」

子竜が叫んだと同時に、服が風にあおられた。頭上に影が差し、はっとしてそちらを見たエステルは、渡り廊下に深緑色の竜が降り立ったことに気づいて身を硬直させた。

(あれって……、さっきわたしを連れ出した竜？)

飛んで先回りをしたのだろう。こちらを見据える蔑んだ目に、ざわっと鳥肌が立つ。

「どうしてエステルを捕まえようとするんだよ！」

子竜が叫ぶと同時に本来の竜の姿へと戻る。ぐるぐると唸る子竜の後ろに匿われたエステルは、背後に追いついてきた人間たちが竜の姿を見つけて息を飲んだのに気づいたが、逃げ出す様子がないことに、唇を噛んだ。

前に立ち塞がっていた深緑色の竜が、薄青い竜の瞳を細める。

『その娘を寄越せ。同族――ましてや幼子とは争うつもりはない』

『嫌だ！　絶対にお前、エステルに何かするだろ！』

子竜の怒声が響き、突風が巻き起こって深緑色の竜の翼の被膜をわずかに揺らした。

『クランツの力に惑わされた、若造が』

低く呟いた深緑色の竜が、素早く舞い上がり、こちら目がけて滑空してくる。鋭い爪がぐんぐんと近づいてきた。

（――この子は、飛んで逃げられない）

それに気づいた途端、それまで一歩も動かなかった足が嘘のように動いた。若干雲を踏むような感覚で子竜の前へと躍り出る。

「そんなに連れていきたいのなら、連れていきなさいよ！」

刃物のような爪が眼前に迫っても、エステルは目を閉じなかった。竜の薄青い目を食い入るようにきつく見据える。

――と、襲いかかってきていた竜がびくり、と大きく体を揺らした。戸惑ったかのように視線が揺れる。

（え……）

動きが止まった、と思った次の瞬間。深緑色の竜の体が吹き付けてきた氷交じりの風に勢いよく飛ばされて、渡り廊下に墜落した。

『――俺の番に何をしようとしていた』

凍えそうなほど低く冷たい声が、頭上から降ってくる。予想通りとでも言うべきか、空を見上げたエステルはそこに息を飲むほどに美しい銀の竜が滞空しているのを見て、安堵のあまり体の力が抜けた。

冷徹な声が、こんなにも安心するとは思わなかった。

（た、助かった……）

『エステル!?』

その場に座り込んでしまったエステルに驚いた子竜が、あわあわと顔を覗き込んでくるのに、力なく笑いかける。

「おやおや、ジーク様がそんなに怖いのなら、初めから事を起こさなければよかったのではは？」

背後から聞こえてきた、優しげながらも辛辣な物言いをする声に振り返ると、人の姿のクリストフェルがエステルたちを追いかけてきていた人間の男性の一人を踏みつけ、もう一人を後ろ手に捕らえていた。男たちの顔は真っ青で、小刻みに震えているようにも見える。エステルが驚いて見ていることに気づいたクリストフェルが、にっこりと微笑みかけてきた。

「ご無事でなによりです。――それにしても、大丈夫ですか？　そこにいても」

「え？　――っ!?」

クリストフェルの指摘に、自分が渡り廊下に座り込んでいたことに気づいたエステルは、子竜の助けを借りながらへっぴり腰のまま這うように渡り廊下を進み、クリストフェルがどいてくれた出入り口から建物の中にどうにか逃げ込んだ。

「――お前を拐かそうとしていた竜と人間は、お前が俺の番であることが気に食わなかったそうだ」

＊＊＊

エステルがクリストフェルによって滞在していた部屋に連れ戻されると、しばらくしてやってきたジークヴァルドが、向かいのソファに腰を下ろしてそう告げてきた。

部屋の外では騒ぎの事後処理でもしているのか、バタバタと走り回る音が聞こえてくる。

「やっぱり、そうだったんですね……。あの、一緒に逃げてくれた子竜はどうしましたか？」

ジークヴァルドとともにやってきたクリストフェルが、片眼鏡を押し上げてにこりと笑った。

「親元に帰しましたから、ご心配なく。……それにしても、襲ってきた竜の行動の素早さには感心致しますが、見事におびき出されてくださったのは愚かとしか言いようがないかと」

「愚かだからこそ、面倒を引き起こすのだろう。しばらく監視をつけておけ。番の誓いの儀式が終われば諦めもつくだろう。――ああ、人の方は【庭】の外へ放り出せ」

嬉々として語るクリストフェルとは対照的に、眉間に皺を寄せたままソファの肘置きに頬杖をつき気だるげに言い放ったジークヴァルドを、エステルはぱちぱちと目を瞬いて見つめた。

「……あの、もしかしてわたしは囮にされたんですか？」

番を認められない竜をあぶりだすために、利用されたのだろうか。

「――そうだが。不満か？」

不機嫌そうに目を眇めたジークヴァルドに、エステルは肩を小さく揺らしたが、それでも身を引くことはしなかった。

「いいえ。囮にされたことは不満ではありません。わたしを番だと認められない竜がいることがよくわかりましたから。でも、一つだけ確認させてください」

「なんだ」

「あの子竜が今回の件に巻き込まれたのは、偶然ですか？」

エステルは背筋を伸ばして、まっすぐにジークヴァルドを見据えた。

（そう都合よく、ジークヴァルド様の部屋の近くを通るクリストフェル様を見かけることはないと思うのよね）

子竜がエステルに謝りに行くことを想定して、わざとクリストフェルの姿を目撃させたのではないだろうかと疑ってしまう。

「――あれがいたことで、助けにはなっただろう」

是とも非とも言わず、何がおかしいとでも言うようなジークヴァルドに、苛立ちが募る。

「確かに、助かりました。でも――できれば関係のない竜を巻き込んでほしくはありませんでした」

「幼子を巻き込んだと非難をするのなら、筋違いだ。あの子竜は知らないが、親には許可を取ってある。お前の助けになるのなら、昼間の件の謝罪も含めて使ってほしいと」

思わぬ事実に驚いて、口を噤む。親も公認だということをエステルがあれやこれや文句を言ってもどうしようもないが、それでも気分は晴れない。

(わたしも悪かったからお互い様なのに。それに付け込むのはどうかと思うんだけれども。竜の間ではこういうやり取りは当たり前のことなの?)

複雑な気分に、これをどう言えばいいのかと悩んでいると、ジークヴァルドが不可解そうにこちらを見ているのに気づいた。

「な、なんですか……?」

もしかしたら、今考えていたことがそのまま口に出ていただろうか。唇を引き結んで、身を強張らせていると、ジークヴァルドは眉を顰めたまま口を開いた。

「お前は本当に高いところが苦手なのか?」

「え? はい。苦手です。ジークヴァルド様もよくご存じですよね」

背中に乗せた時に意識を失い、落ちかけたではないか。あれを忘れたとは言わせない。真意がよくわからなくて、首を傾げるとそれでもジークヴァルドは探るように目を眇めた。

「ああ、知っている。だからこそよくわからない。恐ろしいはずだというのに、なぜ渡り廊下で子竜をかばえた？」

「なぜ、と言われましても……。とっさにとしか言えません。あの子竜は飛べませんでしたから」

「いくら飛べないとはいえ、竜だ。人にかばわれなければならないほど弱くはない」

「弱い弱くないという問題ではありません。わたしが発端ですから、怪我をされるのが嫌だっただけです。それに飛べない仲間ですので共感を持っていましたから、守りたいと思うのは当たり前ではないでしょうか」

だからこそなおさら自分のために怪我をするかもしれないのは嫌だ。慈しむような笑みを浮かべ、髪に差したままの子竜に貰（もら）った花をそっと撫でる。あの騒動でもなくさなくてよかった、と安堵しているとジークヴァルドがぴくりと片眉を上げた。

「飛べない仲間？」

「飛べないので一緒に練習をする仲間です」

ジークヴァルドが虚をつかれたかのように、軽く目を見開いた。次いで、わずかに口端を持ち上げる。

「――竜を仲間だの守りたいだのと言える人間はお前くらいだ。力を与えられ、守られる立場の人間が、よく言えたものだ」

（……笑った？　え、今笑った？）

記憶にある限り、人の姿のジークヴァルドが笑った顔を見たことがない。苦笑や嘲笑でさえもだ。眉間に皺が寄った、不機嫌そうな表情ばかりしか見ていない。

初めてのことに、エステルが戸惑ったまま表情を強張らせていると、ジークヴァルドはすぐにその笑みを消してしまった。

そうしてそのままなぜかすっと立ち上がったかと思うと、唐突にエステルの腕を強く引いた。テーブル越しに、その胸に飛び込む形になったエステルの頭を抱え込むように抱きしめてくる。

(何⁉　急にどうし――っ⁉)

混乱しかけた耳に、背後の窓がガシャンと音を立てて割れた音が届いた。一枚や二枚ではなく、窓枠そのものが壊れたのでは、と思うほど酷く大きな音に身がすくんで、思わずジークヴァルドの胸にしがみつく。

『ジークヴァルド様！　拐かされそうになるくらいなら、番を諦めてエステルを返して』

怒り心頭、といった聞き覚えのある少女の声に、ジークヴァルドに抱え込まれたまま首を巡らせたエステルはあまりの惨状に顔を引きつらせた。

突っ込んだのだろう。窓の残骸らしいガラスや木枠を踏みつけて、半ば室内に首を突っ込んでいる赤い竜がいた。人の姿になることさえも頭にないほど激昂しているらしい。

自国まで箱馬車を用意しに行っていた叔父たちが、ようやく帰還したらしい。間が悪すぎる。

「違うんです、アルベルティーナ様。拐かされそうになったのは、ジークヴァルド様がわざとそう――うぐっ」

素早くジークヴァルドの手によって口元が塞がれる。しかしながらアルベルティーナは言いかけた言葉で察したらしい。

『わざと？　わざとって言ったわね。わざと拐かさせたのね。ジークヴァルド様が』

ぐるぐると怒りで喉を鳴らすアルベルティーナの周りに、松明(たいまつ)の灯(ひ)のような炎の塊がいくつも現れ、エステルはさあっと血の気が引いた。

（お、叔父様は!?　叔父様は乗っていないの……っ？）

アルベルティーナの背中に叔父はいない。怒ったアルベルティーナを鎮めることができるのは、長年仕えている叔父だけだ。

「お前は本当にアルベルティーナに気に入られているな」

慌てるでもなく、嘆息したジークヴァルドがエステルを捕らえたまま、胡乱(うろん)げに見下ろしてくる。

「それがわかっているのでしたら、と、とりあえず放してくれませんか!?」

「断る」

あまりにも短い拒否の言葉に、エステルは一瞬息を詰め、しかしすぐに腕を突っ張った。

「このままですと、ジークヴァルド様が丸焦げになりますから！」

「今お前を解放する方が、丸焦げになる。――クリス」

配下を呼ぶジークヴァルドの落ち着いた声に、背後に控えていたクリストフェルが静かに歩み出た。このやり取りの間にも炎の塊は増えて、今にも部屋が燃え上がりそうに熱い。

「――アルベルティーナ様。どうか少し落ち着かれますよう。お願い致します」

『落ち着いてなんかいられないわよ！　あたしの可愛い子を返しなさい』

ぐわっとアルベルティーナが威嚇するように大きく口を開ける。それと同時に炎が大きくなった。――と、次の瞬間、アルベルティーナの顔が黒い霧のようなものに覆われた。

『――っ、ちょっと、クリストフェル！　あなた何をしてくれるのよ！』

顔の前の霧を追い払うようにアルベルティーナが首を振る。しかしながらまとわりついたまま一向に晴れる様子はない。その間、炎の塊は急速に勢いを失っていく。

「これで、アルベルティーナ様の竜騎士が追いついてこられるまで、時間稼ぎができるでしょう。ああ、害はないのでご安心を」

振り返ったクリストフェルがにこりと笑う。ぽかんと口を開けて状況を眺めていたエステルは慌てて口を閉じ、ほっと胸を撫で下ろした。

「よかった……」

「安心するのはまだ早い。なおのこと面倒なのが来る」

ジークヴァルドのうんざりしたような声に被せるように、ノックもせずに扉が荒々しく開かれたかと思うと、肩で息をするユリウスが転がるように駆け込んできた。

ジークヴァルドに捕らわれたままのエステルを見て、きつく睨み据えてくるユリウスの後ろから、おろおろとセバスティアンが顔を覗かせている。

「俺がセバスティアン様に手を焼いている間に、何があったんですか？」

「ご、ごめん。ユリウス。僕が部屋に引きこもっていたから」

意気消沈するセバスティアンが、顔を覆う黒い霧を払おうとしているアルベルティーナを怯えたようにちらちらと見やる。

「引きこもっていたって……。どういうこと？」

エステルが不思議そうに問うと、呼吸の落ち着いたユリウスが目を眇めた。

「昼間、ジークヴァルド様と争った時に、危うくエステルに怪我をさせるところだったじゃないか。あれに落ち込んで、部屋から出てこなくなったんだよ、この主竜様は。よりにもよって、エステルが閉じ込められたこんな時に」

最後の言葉をやけに強調するユリウスに、エステルははっと気づいた。

（あ、そうか。今夜逃げ出す予定だったから）

ジークヴァルドを相手にするには、セバスティアンの協力が不可欠だ。引っ張り出すのを最優先にしたらしい。どうりでエステルが閉じ込められていても、騒がなかったわけだ。

「それで、何があったのでしょうか？」

凄味のある笑みを浮かべて、ユリウスがジークヴァルドを見据える。

（さっきみたいに本当のことを言ったら、アルベルティーナ様と同じことになるかも……）

エステルがそろりとジークヴァルドを見上げると、彼は面倒そうに口を開こうとして、唐突に響き渡った竜の怒りに満ちた咆哮に、壊れた窓の外へ鋭い視線を向けた。

「――何かあったな」

緊張に身を強張らせていたエステルを、ジークヴァルドはユリウスの方へと押しやった。

「セバスティアンたちといろ。そうでないと、安全は保障できない」

そう言い置いたジークヴァルドは、壊れた窓枠を踏みしめてバルコニーに出た。そのまま竜の姿に戻って、階下へと舞い降りていく。その後を追いかけるように通りすぎたクリストフェルが、アルベルティーナの顔の黒い霧を解いてすぐに続いた。

「何があったのかしら」

「さあ？　わからないけれども……。交流会をまだやっていたはずだよ」

ユリウスと顔を見合わせると、ようやく黒い霧が晴れ、人の姿になったアルベルティーナが乱れた髪を手櫛(てぐし)で整えながらぶすっと口を開く。

「あれ、多分ルドヴィック様の声ね。ねえ、セバスティアン様」

「う、うん」

声をかけられたセバスティアンは、真っ青になってがたがたと身を震わせている。自分に向けられたわけでもないのに、ルドヴィックの怒りの咆哮が恐ろしいらしい。そんな主竜に嘆息したユリウスが、すぐにこちらを振り返った。

「そんなことより、エステル。ちょうどジークヴァルド様もいなくなったから、このまま逃げよう。アルベルティーナ様がいるってことは、叔父さんが戻ってきたってことだし」

「そうよ、エステル。ちょっと騒ぎが起こっているみたいだし、この隙に帰りましょ。あ、ほらレオンも来たわ」

アルベルティーナの声に戸口を振り返ると、階下から駆け上がってきたのか、少しだけ息を乱した叔父が顔を覗かせたところだった。エステルの顔を見て、ほっと表情を緩め、すぐにアルベルティーナの壊した窓を見て、呆れたように溜息をついた。

「またやったのか……。まあ、いい。今のうちに帰るぞ。これ以上留まるのはまずい」

真剣みを帯びた叔父の表情が、少しだけ焦っているような気がした。

「下で何があったんですか？」

わざわざジークヴァルドが降りていったくらいだ。おそらく見過ごせない何か重大なことが起こったのだろう。

叔父は少したためらったようだったが、しかしすぐに口を開いた。

「――竜を怒らせた竜騎士候補が殺された」

「え……。竜騎士候補がですか⁉」

思ってもみないことに、どくりと心臓が大きく波打つ。すぐ傍にいたユリウスが、落ち着かせるようにエステルの手を握ってくれた。

竜騎士候補ならば竜のことはきちんと学んでいるはずだ。竜側も竜に慣れていない竜騎士候補には寛容だと聞いたこともある。ジークヴァルドを怒らせたことがあるエステルが言えたことではないが、一体どれだけのことをしたのだろう。

「詳しい話は歩きながら話そう」

叔父の緊迫した様子に、エステルはまとめておいた荷物を取りに行こうとしたが、急ぐから置いていけ、と止められた。それだけ早くここを出た方がいいのだろう。

外套を羽織り、いつも持ち歩いている小さなスケッチブックと木炭がポケットに入っているのを確認して、すぐに部屋から出る。

「ユリウス、セバスティアン様と一緒に先に外へ出ていろ。塔の中をまとまって行くのは目立つ」

叔父の指示に頷いたユリウスが、少し不安げなセバスティアンをうまくおだてて、エステルの部屋のバルコニーへと向かった。

辺りを警戒しつつ階段を下りながら、叔父は下であったことを話し始めた。

「殺された竜騎士候補は、竜騎士を探していない竜に押しかけて、自分に力を渡せば獣でも優遇してやる、と馬鹿なことを言ったそうだ」

「それは本当に竜騎士候補なんですか？　人間は竜に仕える側なのに……」

エステルは顔をしかめた。竜が人の国に配慮するつもりがなければ、特に力を操りやすくする必要はないのだ。そこをわざわざ力を分け与えて、人との共存を望んでくれているというのに、それを理解していない。彼らはただ力を与えてくれる野蛮（やばん）な獣ではないのだ。

「勘違いした奴が紛れ込んでいるのは、時々ある。それに今回は相手が悪すぎた」

「ルドヴィック様、ですか？　さっきの声はルドヴィック様らしいそうですけれども」

「ああ、そうだ。あの竜はどうも人間に対する慈悲を持ち合わせていない」

厳しい顔をする叔父に、エステルは深く頷いた。あの竜と初めて顔を合わせた時の目を覚えている。あれは本当に人間に対してこれっぽっちも好意など抱いていない。

「あのやり取りを聞いて、人間は皆あんな考えを持っているのだと、嫌悪を抱いた竜が複数いるかもしれない。しかもルドヴィック様が殺したのを見ている。礼を欠けば、殺してしまってもいいのだと思われてもおかしくはない。そうするとエステル、人間の番のお前は危ない」

「……さっき騙（だま）されてどこかに連れていかれそうになったばかりなんですけれども、それ以上に危ない、ってことですよね」

連れ去られるくらいならまだいい。その場で殺されてもおかしくはない。

ぞわりと襲ってきた寒気に腕をさすると、横を歩いていたアルベルティーナがぎゅっと肩を抱いてくれた。

「大丈夫よ。塔から出られさえすれば、どうにでもできるわ」

頼もしい言葉に、エステルは不安がぬぐいきれないながらも微笑みを返した。

(まさか【庭】に来て、こんなことになるとは思わなかったわ……)

竜騎士選定は毎年ここまで危険に満ちたものなのだろうか。

エステルたちが誰にも会わずに下まで下り切ると、いつも交流会を行っている広間の方からざわめきが聞こえてきた。

「まだあちらに気を取られているな。好都合だ」

叔父が小さく呟き、広間とは逆の方へと歩き出す。そのあとについていこうとして、エステルはふと開いたままの広間の出入り口から漏れる灯りをじっと見つめた。

(……わたしがいなくなれば、また番を待たなければならないのよね。命の期限があるのに)

わずかに感じる罪悪感を振り払うように、アルベルティーナに促されたエステルは歩を進めかけた。

その時、すぐ傍の部屋の扉がゆっくりと開いた。はっとして息を詰める。叔父とアルベルティーナが身構えた。

「――エステルゥ？　エステルの匂いがする」

寝ぼけたような声と共に中から出てきたのは、砂色の髪をした幼い少女だった。眠たげにこちらを見つめる琥珀色の竜の瞳に、エステルはそれが誰なのか気づいて唇を引き結んだ。

(この子、わたしが初めて絵を描いた子竜よね？)

ふわあ、と欠伸をした子竜がなんの疑いもせずに、エステルに近づいてきたかと思うと、ぎゅっと足にしがみついてきた。

「いっしょに寝よう。みんななかにいるから」

半ば夢見心地なのか、へにゃりと笑った子竜がそのまま頬ずりをしてくるのに、エステルは焦ったように叔父を振り返った。中にみんないる、ということは子竜が集められて寝かされてでもいるのだろう。ここで騒がれるのはまずい。

叔父が広間を警戒するように見やり、そのすぐ傍にアルベルティーナが立つ。広間からこちらが見られないようにしてくれたらしい。

緊張に声が強張らないように気をつけつつ、エステルは子竜の肩に手を置いた。

「すみません、寝るのは我慢してください。みなさんと寝たらわたしが潰れちゃいそうなので」

「えぇ……、うん、わかった。それじゃ、明日また遊んでね」

妙に聞き分けよく頷いた子竜が、エステルから離れた。そうして見上げてきた目が、徐々に大きく見開かれる。

「エステル……、どこかへ行くの？」

「え？　どうしてですか？」

「これ、お外に行く時に着るものでしょ？　どこかへ行くの？　もう真っ暗だよ」

エステルの外套を引っ張り、不安そうに見つめてくる子竜にぎくりとしてかすかに頬が引きつった。その表情の変化を見逃さなかったのか、子竜はくしゃりと顔を歪めた。

「どこかへ行っちゃうの？　いやだよ。遊んでくれるんでしょ？　明日も一緒に遊んでよ。――お母さぁんっ、エステルがどこかへ行っちゃう！」

わああっと大声で泣き出した子竜に、エステルは血の気が引いた。慌てて宥めるように手を伸ばそうとしたが、その手をすぐ傍に来た叔父に押さえられる。

「触ったら駄目だ。親が来る。逆上するぞ」

押し殺したような声に、エステルは伸ばしかけた手をぐっと胸元に引き戻した。その間に、広間の方がさらにざわめき、すぐさま出入り口から一人の女性が飛び出してきた。

「お母さん！」

子竜が歓喜の声を上げて、母竜に呼びかける。子竜と同じ砂色の髪をした竜の夫人は、柳眉を逆立てたまま駆け寄ってくると、外套を子竜に掴まれたままのエステルを払いのけようと鋭く伸びた爪が生える手を上げた。その手を、アルベルティーナがさっと留める。

「落ち着きなさい。別に危害を加えてなんかいないでしょ。よくその子の様子を見て」

「……アルベルティーナ様」

怒りのために母竜のびっしりと鱗に覆われていた頬が、少しずつ人の肌へと変化していく。母竜は子竜の様子を窺うように眺めたが、エステルと目が合いそうになると急いで目を逸らした。

（これ……、何となくおかしい気がする。目を合わせること自体を避けているような）

怖がって避けているようには見えない。思い返せば一部の竜はそうだ。怖がっているというよりも、目を合わせたくないという仕草だった。

エステルが小さな疑問を抱いていると、その間に広間の戸口からこちらを興味深そうに窺っていた複数の竜がさっと顔を引っ込めた。廊下に出ていた竜や人間たちも、慌てたように道を空ける。開けた場所を悠然とこちらに向かってくるのは、眉間に皺を寄せたジークヴァルドだ。

（ど、どうしよう。気づかなかったふりをして、逃げたら――。あ、はい無理ですよね！）

そっと叔父の方を窺うと、叔父は一瞬だけ顔をしかめたが、すぐに首を小さく横に振った。

今夜の脱走は取りやめだろう。いくらアルベルティーナとセバスティアンがいても、まだ竜たちが沢山いる塔の中だ。

「――こんなところで何をしている」

近くまでやってきたジークヴァルドが、ちらりと叔父とアルベルティーナを見やってすぐにこちらを見据えた。嫌な汗が滲んで、緊張に鼓動が速くなる。

「ええと……」

「下が気になると言うので姪を連れてきたのですが、気分が悪くなったそうなので外へ出るところでした」

エステルが答えるよりも早く、叔父が何食わぬ顔で嘯く。

「そうなんです。少し気持ちが悪くなってしまって……」

叔父に便乗するように胸元を握りしめると、ジークヴァルドはしばらく何も言わずにこちらを見下ろしていたが、わずかに窓の外へと目を向けた。

外にはユリウスとセバスティアンがいる。エステルたちが出てくるのが遅いことに、気をもんでいるかもしれない。

(ばれた？　逃げ出そうとしたことがばれたの？)

冷や汗をかきつつもエステルが次の言葉を待っていると、ジークヴァルドは不機嫌な表情のまま、ふっと溜息をついた。

「――気分が悪いのなら、部屋で休め。クリス、セバスティアンたちにも散歩は中止になったと伝えろ」

頭痛をこらえるかのような表情と言葉に、おそらく逃亡を察したのだろうと気づき、エステルが青ざめると、近寄ってきたジークヴァルドに背と膝裏に腕を回され軽々と抱き上げられてしまった。叔父とアルベルティーナがわずかに悔しそうに唇を引き結んだのが見え、焦る。

(え、これって、かなりまずくないかしら……。逃げ出そうとしたんだから、竜騎士選定後なんかじゃなくて、すぐに番の誓いの儀式を強行されるかもしれないわよね!?)

恐れに、ジークヴァルドの腕の中から逃げ出そうと身じろぐと、ジークヴァルドが耳に口を寄せてきた。銀の髪が頬をかすめ、びくりと肩を震わせる。

「暴れるな。ここで暴れると、なおさら竜の心証を悪くするぞ。高さが怖くても今は耐えろ」

小声でそう吹き込まれ、エステルは言われた通りに抜け出そうとするのをやめた。叱責なり嫌味なり言われるかと思っていただけに、頭の中が混乱してくる。

（ジークヴァルド様を拒絶すれば、確かに竜の心証は悪くなるけれども……。どうしてそれを教えてくれるの？　わたしは逃げ出そうとしたのに）

許してもらえるとは到底思えないのに、それだけ番を留めておきたいのだろうか。

ジークヴァルドが困惑したままのエステルを抱えて、周囲を見回す。

「少し待て。これを部屋に戻してくる。ルドヴィックを帰すな」

そう言い置いたジークヴァルドが踵を返そうとすると、その背に小馬鹿にしたような声がかけられた。

「――クランツの力に惑わされているのは、子竜同様、お前もそうじゃねえのか？」

ジークヴァルドが振り返ったので、エステルもまた声の主を正面から見ることになる。濃紺の髪に金の竜眼を持つ青年――ルドヴィックがこちらを面白がるように見据えていた。

（そういえば、さっき子竜と襲われた時にも『クランツの力』とか聞いたような……）

それが何を意味するのかわからないが、妙な胸騒ぎを覚えたエステルは、無意識のうちに抱えられたジークヴァルドの胸元を握りしめた。

「馬鹿馬鹿しい。俺がクランツの力などに惑わされるものか。言いがかりも大概にしろ」

ジークヴァルドが煩わしそうに眉を顰める。しかし、ルドヴィックは口を噤むことをしなかった。

「いくら番でも次期長自らがわざわざ人間を部屋まで送っていくのは、番の香りに加えて、クランツの力に惑わされているからだとしか思えねえんだよ。お前が番の持つ魅了の力に惑わされているから、不満を持つ竜や竜を見下すつけ上がった人間が出てくるんじゃねえのか」

『魅了の力』――ルドヴィックの口から飛び出した言葉に、エステルは大きく目を見開いた。嫌な感じに鼓動が速くなってくる。居ても立ってもいられず、エステルは口を開いた。

「あの！　魅了の力というのは、何のことなんでしょうか？」

突然のエステルの問いかけに、ジークヴァルドがわずかに顔をしかめた。それとは逆にルドヴィックが笑みを深める。

「お前の目には魅了の力があるんだよ。生き物全てを己の意思とは関係なく虜にする力が。それは竜も例外じゃない。クランツの一族が竜に選ばれやすいのは、魅了の力を持つ奴がよく出るからだ。何の努力もなく竜を魅了できる力を持つ者がな。お前も身に覚えがあるんじゃないのか？」

実に面白そうに笑うルドヴィックに、エステルは目を見張ったまま唇を引き結んだ。

脳裏に浮かんだのは、竜が飛んでいても恐れることなく寄ってきた鳥の姿。

（沢山の竜が絵を描いて欲しい、竜騎士にしたいと言ってくれたのも、子竜にあれだけ懐かれたのも、そのせい？　――ああ、だから成竜は一切目を合わせてくれなかったのね……）

ジークヴァルドの番を怖がっていたのではない。エステルの魅了の力に惑わされるのを恐れ、すくんでいたのだ。

（ちょっと待って。それだったら、アルベルティーナ様も？）

幼い頃から慈しみ、可愛がってくれているのは、魅了の力のせいだというのだろうか。どんな表情でこちらを見ているのかと思うと、恐ろしくて背後にいるはずのアルベルティーナの方が見られない。

震えそうになる指先をぎゅっと握りしめていると、ジークヴァルドが大きく溜息をついた。

「大げさなことを言うな。人や獣、よほど力の弱い竜や子竜なら魅了にかかることもあるだろうが、大抵の成竜は人が持つ程度の魅了にはほとんどかからない。かかったとしても気を惹く程度だ。何の努力もなく、ただそれだけで竜騎士になれるほど甘くない」

言い聞かせるように目を眇めたジークヴァルドが、エステルを抱える手に力を込めた。戸惑ったようにジークヴァルドを見上げる。ルドヴィックの言い分が正しいのか、ジークヴァルドの言葉が真実なのかどう判断したらいいのかわからない。

「それに、たとえ人だとしても番を気遣って送っていくことの何が悪い。ただでさえ拐かされそうになったばかりだ。番がいる者には俺の心境がよくわかるだろう」

本心なのか、その場しのぎの嘘なのかわからないが、ジークヴァルドから発せられた思わぬ言葉に、エステルはまじまじと彼を見つめてしまった。驚くエステルをよそに、ひたとルドヴィックを見据えたジークヴァルドが、すぐに周囲を見渡す。数匹の竜が同意するかのように静かに頷くのに、ルドヴィックが忌々しげに睨み据えてくる。

——と、そこへ一つのゆったりとした靴音が響いた。

「——おやまあ、ルドヴィックがまたやらかしたと聞いてやってきてみれば、こんなところで何を睨みあっているのかね」

唐突に割り込んできたのんびりとしたしわがれた声に、一斉に竜たちの視線がそちらを向く。次の瞬間、全ての竜が床に膝をついた。その中にはルドヴィックまでもが含まれていることに驚く。ジークヴァルドもまたエステルを下ろすと、静かに跪いた。

(誰……?)

階段の下にくすんだ灰色の髪の上品な老婆が困ったように笑いながら立っていた。側仕えらしい竜の婦人に手を借り、もう片方の手は真珠色の杖で体を支えている。それでも少しばかり腰の曲がった様子はかなりの高齢だと思われたが、年を取ったからこその気品溢れる姿に、気圧された。

「——お騒がせして申し訳ございません、長」

膝を折ったジークヴァルドがゆっくりと頭を下げるのを、エステルは信じられないものを見るような気分で見ていたが、慌てて同じように膝をついた。

竜たちの行動に驚いていた人間たちもまた膝をついたようだったが、驚愕した囁きが聞こえてくる。

「もう何十年も竜騎士選定にはお姿を見せなかったと聞いているが……」

「長？　竜の長か？」

「病を得ているとも、噂がなかったかしら」

一人ひとりは小声で喋っているつもりでも、それが何人もともなればかなりの大きさだ。その場に落ち着かない雰囲気が漂ってきたところで、こんこんと竜の長が床を杖で叩いた。

その音に反応したのか、すっと波が引くようにざわめきが収まる。

「ルドヴィックが手をかけたという、竜騎士候補の国の世話役は誰かね」

長の呼びかけにはい、とほとんど間を置かずに出てきたすらりとした肢体の妙齢の女性は、倒れそうなほど青ざめていた。その肘を支えるように、エステルと同じ年頃に見える頬に鱗模様がある竜の娘が一緒に出てくる。こちらの表情も酷く強張っていた。

「すぐに連れ帰って、手厚く葬っておやり。――国に竜の怒りは及ばないから安心おし、とも伝えるんだよ」

竜騎士の女性は深々と頭を下げると、同じ国の者なのだろう。数人の人々とおそらくは殺された竜騎士がいる広間へと静かに入っていった。

彼らが立ち去ってすぐに、長はこつこつと杖の音を響かせながら膝をつくルドヴィックの元まで来ると、盛大な溜息をついた。

「さて、ルドヴィック。そなたはなんてことをしてくれたのかね。ジークヴァルドを目の敵にするのはかまわないが、竜の事情に人間を巻き込むのはおやめ。迷惑極まりない。巡り巡ってそなたの身を滅ぼすことになりかねないよ」

長の叱責に、ルドヴィックは「申し訳ございません」とさらに深く頭を下げた。あまりにも殊勝に謝罪を述べるルドヴィックにエステルが唖然としていると、長は困ったように顰めていた眉を解いて、感情をそぎ落とした厳格な支配者のものへと表情を変えた。その片手にふっと金色の光の環が浮かび上がる。

「ルドヴィック、そなたには謹慎を申し付ける。——しばらく棲み処で頭を冷やすことだね」

長の手にあった環がルドヴィックの首にはまったかと思うと、継ぎ目のないトルクのように隙間なく張り付く。ルドヴィックの肩がかすかに揺れ、周囲の竜たちがざわりとどよめいた。

（謹慎？　人間を殺しておいて、それだけ？　でも……）

エステルの戸惑いをよそに、長は次いでジークヴァルドに目をやった。

「ジークヴァルド、そなたは番のことを思うのならば、きちんと状況説明をしておやり。そなたは昔から言葉が足りない。後悔するのはそなた自身だ」

長から苦言を呈されて、ジークヴァルドがわずかに唇を歪めて目を伏せた。

二匹の竜に小言を口にし終えた長は、廊下にいる人々と竜たちをぐるりと見回した。

「竜騎士選定は一旦停止する。終了予定日まではまだ一月ほどあるが、続行か否かはジークヴァルドとクリストフェル、それに各国の世話役たち、そなたたちで話し合って明日お決め。もう夜も更けた。今日のところはこれで散会だ」

竜の長の言葉に、指示されたジークヴァルドたちが短く返事をする。返事を聞いた長は穏やかに頷くと、側仕えの竜の婦人の手を借りて静かに去っていった。

長がこちらに背を向けるのとほぼ同時に、頭を下げ続けていたルドヴィックが音もなく立ち上がったかと思うと、叱責を受けたというのになぜかこちらに嘲ったような笑みを向けてきた。そうしてすぐさま自分の竜騎士を引き連れて無言で去っていく。

長とルドヴィックの姿が見えなくなると、静けさに満たされていたその場にざわめきが戻ってくる。口々に今後のことや、殺された竜騎士のことを喋る人々の声を耳にしながら、エステルはのろのろと立ち上がった。殺されてしまった竜騎士候補には申し訳ないが、頭を占めるのは『魅了の力』のことだ。

(わたしに魅了の力があるのなら、やっぱり番は勘違いじゃないのかしら……。でも魅了にかかっているにしては、態度がおかしいわよね。子竜みたいだったら、わかりやすい――。え？)

エステルが考え込んでいると、ふいに腕を誰かに取られた。はっとして顔を上げると、それがジークヴァルドだと気づいて、思わず身を強張らせる。

エステルの怯えに、ジークヴァルドが不愉快そうに眉を顰めた。

「まだ気分が悪いのならば、俺が抱えて部屋まで送っていくが」

「――っ大丈夫です。自分で歩けます」

慌てて首を横に振り、先に歩き始めたジークヴァルドの後を追う。そっと叔父たちの方を振り返ると、険しい表情でついてくるのが見えてほっとした。

ジークヴァルドの後について薄暗い廊下を歩き、周囲に竜や人の気配がなくなると、ジークヴァルドが苦々しそうに口を開いた。

「――そう怖がるな。逃亡を計画していたとしても、ルドヴィックのように殺しはしない。人から軽視されたことに腹を立てるのはわかるが、それだけのことで、あれはさすがにやりすぎだ。あれと同類だと思われるのは、不快だ」

「……え？　命が惜しければ、番になる覚悟を決めろと仰っていましたよね」

驚いてつい言葉を返すと、先を歩いていたジークヴァルドは肩越しに振り返って片眉を上げた。

「あれは早々に番になる覚悟を決めなければ、竜や人から疎まれて命を狙われると言ったつもりだが」

エステルは大きく目を見開いた。

（そんなの、わかるわけがないじゃないですか！　……さっき、長がジークヴァルド様のことを言葉が足りないって言っていたけれども……）

　この分だと、もしかしたらところどころ説明が足りないことがあるのかもしれない。

　そういえば、つい先ほどエステルに不満を持つ竜をおびき出そうとしたこともそうだ。事前に言ってくれれば、子竜も自分も恐ろしい思いをしなくて済んだだろうに。

　頭を抱えたくなったエステルは、ふとジークヴァルドが向かっている先がエステルの滞在している部屋ではないことに気づいた。

「あのっ、わたしが貰った部屋はそちらではないはずですけれども……」

「お前の部屋は窓を壊されただろう。あそこで休めるのか」

　ジークヴァルドの指摘に、背後の叔父とアルベルティーナが「だから待てと言っただろう」「仕方がないじゃない」と小声で言い合っているのが耳に入ったが、それよりもジークヴァルドが向かう先が気になった。

「それなら、どこで休めばいいんですか？」

「俺は棲み処に戻る。塔の俺の部屋を使――」

「ジーク様、それでしたら棲み処へお連れになられればよろしいのでは？　一番安全な場所かと思われますが」

　唐突に割り込んできたおっとりとした声に振り返ると、アルベルティーナの後ろにユリウスたちに伝言をしに行っていたクリストフェルが追いついてきていた。

「セバスティアンたちはどうした」

クリストフェルの提案を頭から無視して、ジークヴァルドが嫌そうに眉を顰める。

「散歩は取りやめになりましたのでお食事でもどうでしょうかと、ご提案させていただきました」

にっこりと微笑むクリストフェルのそつのなさに、エステルは頬を引きつらせた。確かにセバスティアンを引き止めるには最善だ。逃亡計画を咎めず、やんわりと提案されてしまえば、ユリウスだってどうにもできない。

「――それよりも、エステルを棲み処に連れ帰れば、あらゆる面倒ごとが軽減されますが、どうなさいますか？」

強引に話を戻したクリストフェルが、笑みを浮かべたままジークヴァルドに選択を迫る。エステルは、ジークヴァルドが答えを出すよりも早く、慌てて声を上げた。

「あの、ジークヴァルド様は棲み処に人を入れたくないようですから、叔父様かユリウスの部屋で寝かせてもらえませんか？」

竜の棲み処を一度は見てみたいとは思うが、行ったが最後どんな儀式なのか知らないが、そのまま番の儀式を強行されてしまう可能性がある。

「あたしも棲み処に連れ帰るのは反対だわ。番の誓いの儀式も終えていないのに、棲み処に入れるのは絶対に認めないから。そんなことをしたら本当に番だって認めたようなものじゃない。

あたしは嫌よ」

　アルベルティーナがジークヴァルドを睨み据えて、エステルを後ろから抱きしめてきた。その力強さに、一瞬でもアルベルティーナの好意を疑ってしまったことに反省する。

（アルベルティーナ様が援護してくれても、逃げ出そうとしたんだから、無理かも……）

　逃亡の手助けをした身内の傍に置いておくことはしないかもしれないが、一か八かだ。

　期待を込めて、先ほどから無言のジークヴァルドを見上げる。

　ジークヴァルドは眉間に皺を寄せたまま こちらを見据えていたが、やがて大きく息を吐いた。

「――わかった。そうしよう」

「本当ですか？　ありが――」

　エステルが礼を言おうと口を開きかけると、ジークヴァルドはそれを遮るように視線をエステルの背後に向けた。

「クリス。明日、竜騎士選定の続行か否かの話し合いをする。そうだな、午後がいいだろう。意見を取りまとめるには少しでも時間がいるだろう。そう各国の世話役に伝えろ」

「はい、かしこまりました。――帰路、お気をつけて」

　クリストフェルが何もかもわかったように頭を下げる。エステルを置いて交わされる言葉に、どうなったのかわからず交互に彼らを見ていると、からめるように肩に回されていたアルベルティーナの腕に力がこもった。

（え……）

ジークヴァルドが一歩近づく。不機嫌そうに睥睨してくる竜の瞳に震え上がっていると、なおのことアルベルティーナが力強く抱きしめてきた。

「――下がれ」

たった一言。ジークヴァルドの言葉にアルベルティーナの体がびくりと大きく震えて、するりと腕が離れていく。その代わりにジークヴァルドの腕が伸びてきて、肩に担ぎ上げられた。

「えっ、あの！　ちょっと待ってください！」

すぐさま歩き出したジークヴァルドの肩にしがみつき、エステルは声を上げた。

「大人しくしていろ。お前が暴れさえしなければ、落としはしない。大して時間はかからずに着く。少し耐えろ」

ジークヴァルドからこぼれてくる言葉の数々に、エステルはさあっと青ざめた。

（『わかった』って、そっち？　クリストフェル様への返事なの!?　やっぱりわたしに魅了の力なんてなかったのよ！）

魅了の力があったとすれば、エステルが拒否をしているのにそちらを選ぶわけがない。

呆然（ぼうぜん）としている間に、頬に風が吹き付けてきた。髪に飾った子竜に貰った花が、あっという間に飛ばされていってしまう。一番近いバルコニーに出たのだとわかって、体が硬直した。

瞬く間に竜の姿になったジークヴァルドの背中から降りることもできずにいると、追ってきたアルベルティーナと叔父が憎々しげにジークヴァルドを睨みつけているのが見えた。

『飛ぶぞ。気をしっかり持て』

ぐん、と体が持ち上がる。闇に吹きすさぶ風を感じると、あの崖で感じた恐怖を思い出す。先ほどの渡り廊下で立ちすくんだ時とは違う、助けが一切来ないのではないかと思ってしまう絶望感が胸にひしひしと迫る。

(竜の棲み処に行けるのよ。大丈夫、大丈夫……。だから叫んだら駄目)

かたかたと震え出した指先が白くなるほど強くジークヴァルドの鱗を握りしめる。

石のように硬まったまま身を強張らせてしがみついていたエステルは、ジークヴァルドに初めて背中に乗せられた時よりもゆっくりと低い位置を飛んでくれていることに気づくこともなく、ひたすらに早く地面に降りたいと願い続けた。

第四章　竜の助言と夜の告白

夜明けの光が、ルドヴィックの棲み処の岩壁の隙間から差し込んでくる。

竜の巨体で寝そべっていてもなお余裕がある薄暗い棲み処の中にいても、軽く閉じた瞼の向こうから感じる光が、今日もまた晴天なのだと知らせてくれた。

昨夜、長によって首にはめられた金のトルクのせいで息苦しく、うつらうつらとしか眠ることができなかった。日の光を厭うように尾と首を曲げていると、ふいに静寂を壊すように規則的な馬蹄の音が近づいてきたのに気づいて耳を澄ませる。

「――ルドヴィック様、お目覚めですか？」

そう声をかけられて、ルドヴィックはぱちりと金色の目を開けた。首をもたげて棲み処の出入り口を見ると、自分と同じ色彩を持つ人間がこちらを窺うように覗き込んでいた。

『状況はどうなった？』

昨夜、長に謹慎を言い渡されて従順に戻ったが、自分の竜騎士だけこっそりと残した。力を使わず、飛ぶだけならば竜騎士などいらない。竜騎士がいないと安定して飛べないのは、あの気弱で大食いのセバスティアンぐらいのものだ。

「長の裁定に不満を持つ竜の方々はいるようです。ルドヴィック様が人間からあれだけの侮辱を受けたのにもかかわらず、謹慎を言い渡されるのは納得がいかないと。それに人を番とするジークヴァルドをあまりよく思っていない方も騒ぎを起こした竜の方の他に、ちらほらといるようです」

『このトルクが目に見えてよくわかるからな。なおさらなんだろうよ』

首にはまった金のトルクを前足の爪で少しかき、ルドヴィックは満足げに頷いた。

『俺をたまたま侮辱した竜騎士候補が役に立ってくれたな』

「ええ、本当に偶然にも」

竜騎士が薄く笑って、小さく頷く。

このまま人間への不快と怒りが募っていけばいい。【庭】などといった広くはあるが囲われた場所に棲み、自由に外へ出ることもままならないこの状況には嫌気がさす。

代々の長が受け継いできた人への配慮や共存などといったものなど、莫迦らしくて反吐が出る。人間は竜たちの強大な力をどのように利用するか、ということしか考えていないのだから、慈悲を与えるのは間違っている。

「それとジークヴァルドですが」

竜騎士の表情が憎々しげなものになる。この男はジークヴァルドの話を口にする時はいつもそうだ。

「番の娘を棲み処へ連れ帰ったようです」

『……へえ、そうか。あいつが』

少しばかりの驚きと、嘲笑がこみ上げてくる。

さすがのジークヴァルドも塔に置いておくことは危険だと判断したらしい。竜はたとえ竜騎士であっても人間を棲み処へ入れることはほとんどしない。今、自分の竜騎士が中に入ることなく報告をしているのがいい例だ。その人間を番だとはいえ棲み処に入れたのだ。報告にあったような一部の竜はなおさら苦々しく思うだろう。おそらくジークヴァルドは反感を買うとわかっていて、それでも連れ帰ることを選択したのだ。

『娘の意思なんざ無視して番の誓いの儀式をさっさと済ませておけば、命の心配なんかしなくて済むっていうのにねえ。ジークヴァルドが人間の番に入れ込んでいると証明しているようなものだな』

実際のところはどうか知らない。真実はどうでもいいが、そう見えることが重要だ。

『その慈しんでいる番が何か重大なことを仕出かせば、どうなるかねえ』

ひた、と竜騎士を見据える。ルドヴィックの促すような視線に、竜騎士は目を合わせてにこりと笑った。毒を含んだような薄暗い笑みは、竜騎士として取り立てた時からずっと変わらない。

「お望みでしたら、何でもお申し付けを。――ジークヴァルドが地に落ちるのを見られるのでしたら、何でも致します」

言葉の通り、この男は何でもするだろう。それだけの理由と恨みを抱えているのだから。だからこそ使い勝手がいい。

ルドヴィックは重ねた腕に顎を乗せながら、喉の奥で静かに嗤った。

＊＊＊

肌寒さを覚えたエステルはぶるりと身を震わせて、ふっと目を開けた。途端に目に映ったのは、柔らかな朝日に照らされた見覚えのない灰色の滑らかな石の壁だった。

（え、どこ……）

身体を起こそうとすると、体にかけられていた――いや、巻きつけられていた薄茶色の毛布が邪魔をしてなかなか起きられず、ごろりと反対側に転がって取ろうとしたエステルは目に飛び込んできた光景に、危うく悲鳴を上げそうになった。

少し離れた場所で銀色の竜が身を丸めるようにして眠っている姿があったのだ。

塔の広間よりも少し広いくらいの部屋は天井が高く、竜の姿のままでも簡単に通れそうな大きな扉があったが、今はきっちりと閉ざされている。窓はエステルの頭よりも上の位置にあったが戸板はなく、そこから室内にふんだんに日の光が差し込んでいた。どこからともなく水が打ち寄せ、波打つ音が聞こえてくる。

（ここって……、ジークヴァルド様の棲み処？）

起き上がりながら昨夜の記憶を辿り、棲み処に連れていかれたことを思い出す。飛んでいる間はかろうじて意識を保っていたが、ジークヴァルドが地に降り立った途端、緊張の糸が切れて意識を失ったのか、その後の記憶が一切ない。

（番の誓いの儀式は⁉　竜騎士の契約と似ているって叔父様が言っていたわよね？）

体に変わりはないかあちこちに触れ、竜と契約をすると変わるという髪色を確認する。鱗などなく滑らかな人の肌と、いつも通りの茶色の癖毛を見て、ようやく胸を撫で下ろした。

ほっとしたせいか波の音以外は聞こえない室内が、初夏だというのにどこか寒々しく感じてくる。エステルは巻きつけられていた毛布を肩に羽織った。

（人を入れるのを嫌がっていたから、毛布さえもないかと思っていたけれども……）

まさかぐるぐると巻きつけられているとは思わなかった。これをやったのはジークヴァルドなのだろうか。

（勝手に動き回られるのが嫌だった？　それとも、体調を崩されたら面倒だから？）

優しいのかそうでないのか、ジークヴァルドがよくわからない。昨日も逃亡をしようとしたのに、一切咎めることはなかった。番だと判明した時にも、番の誓いの儀式を強行することなく、とりあえずは心を決める猶予を与えてくれた。

(自分の命がかかっているのに……。不機嫌そうなのは表面上だけで、もしかしたら本当は誠実で寛容なのかも)

微動だにせず眠るジークヴァルドの優美な姿を見つめているうちに、そんな場合ではないのはわかっていたが、むくむくと創作意欲が湧き上がってくる。

(眠っている、わよね？　今のうちに観察できそう……)

絵を描かれるのは不快だと言っていたが、こんなにじっくりと観察できる機会はないかもしれない。

エステルは塔の部屋から逃げ出す際に、ポケットに突っ込んでいたスケッチブックと木炭を取り出すと、そうっと足音を忍ばせてジークヴァルドに近寄った。

剣のように鋭い爪に、筋肉質な腕から胴にかけての見事な曲線。そして見るからに上質な布地のような薄い皮膜を持つ羽など、見れば見るほど綺麗な生き物だ。

(あ、鱗って全部銀じゃないのね。うっすらと青が入っているみたい……。喉元のほうは少し白っぽい？)

夢中で観察しつつ、スケッチブックに部分ごとに描いていく。木炭の黒一色で描くのだ、全身像を描かなければ、絵を見られたとしても誰なのかわからないだろう。

ジークヴァルドの周りを一周し、満足げに息をつく。

(うん、これで後でもよく思い出せるわ。ここまできたら、鱗が欲しいけれども……)

もう一度だけ顔の周辺を描こうかとくるりと振り返ったエステルは、そのまま顔を強張らせた。こちらをまっすぐに見据えている藍色の竜の目があったのだ。

「お、おはよう、ございます……」

いつから見ていたのだろう。冷や汗をかきつつ、目を覚ましたジークヴァルドにとりあえず挨拶をしてみると、彼は大きく口を開いて一つ欠伸をした。

『目を覚ましてすぐに何をするのかと思って見ていれば……。図太いのか繊細なのかわからない娘だな。状況を理解しているのか？』

「理解はしています。でも、どうしても描きたくなってしまって……。不快にさせてしまいましたら、すみません。――破るなり、焼くなり、お好きなようにしてください！」

どこか呆れた様子のジークヴァルドに、勢いよくスケッチブックを差し出す。

目の前で破られたことにかっとしてジークヴァルドを叩いたことがあるが、それでもここは竜の棲み処だ。不快だと言われていることをしているのだから、できるだけ穏便に済ませたい。

ジークヴァルドはしばらく無言でエステルが描いた絵を見つめていたが、やがて音も立てずに人の姿へと変化した。突然目の前に現れた銀色の髪の青年を恐れ、数歩後ずさってしまったが、ジークヴァルドは気を悪くした様子もなく、距離を詰めるとスケッチブックを取り上げた。

ぱらぱらとページをめくっていくうちに、眉間に寄っていた皺が徐々に緩む。一通り見終えたジークヴァルドは、無表情ながらもどことなく柔らかく感じられる表情でスケッチブックをエステルに押し付けた。

「お前の好きにすればいい」

そのままエステルの横を通りすぎて扉の方へ行ってしまう。怒りとともに破られるのを覚悟していたエステルは、ぽかんとその背を見送りながら、ジークヴァルドが人の姿であっても難なく開けた大扉の外に出ていってしまうと、我に返って慌てて後を追いかけた。

（好きにすればいい、ってどういうこと？　描いてもいいってこと？　それとも遠回しに処分しろ、とか言っているの？　やっぱり魅了の力のせいだったりするとか……）

頭の中に疑問符を浮かべながら、部屋の外へと出たエステルは目の前に広がった景色に感嘆の溜息を漏らした。

広いバルコニーの先に青々とした水を湛えた湖が広がっていた。向こう岸はかすんでいてあまりよく見えない。凪いだ水面が朝日を反射して輝き、その眩しさに目を細める。先ほどから聞こえていた波音は外に湖があったからだとようやくわかった。

振り返って見てみると、出てきた建物はどことなく塔を感じさせる古びた建物で、あちらこちらに蔦がからみつき、苔むした様子はかなりの年月を感じさせる。

（竜の棲み処、っていうくらいだから、洞窟とか、森の中とか、そういう感じかと思っていたけれども……）

まるでこれは人の手で作られた物のようだ。ところどころに張り出したバルコニーは広く、やはりそれは塔を思い出させる。

興味深げに棲み処を見上げていたエステルだったが、ふとジークヴァルドの姿がないことに気づいた。出てきた部屋は建物の上階にあるのか、バルコニーの手すりに下から舞い上がってきた鳥が止まる。もしかしたらあそこからどこかに飛び立ってしまったのだろうか。

今いる場所が高い、と気づいて扉の前で硬まってしまったエステルだったが、ぎこちなく辺りを見回していると、大扉のすぐ横に建物の中に続く階段があるのに気づいた。ほっと胸を撫で下ろし、階段を下りていく。上へも行けるようだったが、迷うことなく下を選んだ。

辺りの様子を窺いつつ、誰ともすれ違うことなく階段を下り切ったエステルは、回廊のその先に見えた光景に息を飲んだ。

四方を今いる建物に囲まれた中庭の中心に、まるでこの庭の主だというような堂々とした佇まいの巨木が生えている。伸び伸びと広がった枝葉の間に、竜の体色と同様にない色はないのではないかと思うほど、色とりどりの林檎に似た実が覗いていた。

「何、あれ……」

綺麗には綺麗だが、どことなく感じるのは畏怖だ。触れただけで命の危機を覚えるような。まるで竜を前にしたかのような印象を受ける巨木に、エステルは飲まれたように動けなくなってしまった。こんなにも珍しい木ならばいつもなら描きたいと思うはずなのに、全くその気が起きない。これは描いてはいけないものだ、と頭のどこかで警鐘が鳴っている。

「食べたいのか？」

　唐突に背後から声をかけられて、ひっと声を押し殺す。表情を強張らせたまま振り返ると、いつのまにやってきたのか、探るような目をした人の姿のジークヴァルドがそこにいた。

「食べたくはありません！　あんな怖そうな物は食べろと言われても嫌です」

　手にしていたスケッチブックを胸に抱えて、激しく首を横に振る。毒を食べるよりも酷い目に遭いそうな気がする。

　エステルの拒絶に、ジークヴァルドは意外なものを見たかのようにわずかに目を見開いたが、すぐに嘆息した。

「竜が操る力の源、長命の実、どんな病も治す万能の薬。これらの言葉を聞いたことがあるだろう。――あれは人がそうだと信じている物だ」

　大きく目を見開いて、再度巨木の方へと目をやる。

　竜にまつわる不思議な話はいくつもあるが、そのなかでも有名な話の一つだ。竜に鱗を与えられることで竜の力を得られるのだから、あながち偽りではないのかもしれないとは思っていたが、本当にあるとは思わなかった。だが、ジークヴァルドの言い方に引っかかりを覚える。

「あの、人がそうだと信じている物、って言いましたよね。実際にはそんな効果はないということですか？」

「ないな。毒にしかならない。それも数年と焼けるような苦痛が続き、触れるもの全てを腐敗させる毒だ。実りを枯らし、空気を淀ませ、水を腐らせる。どこでどう言い伝えを違えたのだろうな。時々信じ込んだ人間が入り込み、盗む」

「人間が入り込む？　あの、それは——」

淡々と語るジークヴァルドの言葉に、ぞっとしつつエステルはふとある話を思い出した。

「もしかしてジークヴァルド様が国に捨てに行かれた、シェルバの竜騎士候補のことですか？この実を盗んだんですか!?」

「俺に竜騎士を断られた腹いせに、盗っただけならよかったがな。捨てに行ったその先で、回収しそこねた実を食べられた。おかげで土地の腐敗が進む前に、盗人ごと凍結して消してしまわないとならなかった。二度と実りがない土地になるよりはましだろう」

その時のことでも思い出したのか、忌々しそうなジークヴァルドに対して、エステルは少しだけ安堵を覚えて胸を撫で下ろした。

「叔父から事情があるとは聞いていたのですけれども、それを聞いて安心しました」

「安心？　なぜお前が安心をする」

不可解そうなジークヴァルドに、エステルはぎくりとして視線を逸らした。まさか問われるとは思わなかった。

「ええと……、気を悪くされるかもしれませんけれども、それでも聞きますか？」

「それでは聞いてくれと言っているようなものだが」

言い逃れをさせてくれないジークヴァルドに、エステルはぐっと押し黙ったがしばらくして観念し、口を開いた。

「……子供の頃から憧れていた銀の竜が、自分の棲み処に押しかけられたくらいで国を滅ぼしかけるほど短気な竜ではなかったので、失望しなくてよかったと思ったんです。――勝手な理想を作り上げてしまって、すみません……」

自分の憧れの存在である銀の竜が、暴竜だとすれば当然気落ちする。それがそうではなかったのだから、嬉しいのだ。だがそれを本竜に言えばさすがに怒るだろう。

戦々恐々としてジークヴァルドの反応を待っていたエステルだったが、当のジークヴァルドはわずかに眉を顰めただけだった。

「人間の娘一人に失望されたくらいで特に何も思わないが……。そもそもお前に憧れられることをした覚えはない」

「それは――」

エステルが言いかけようとした時、ぐう、と腹の虫が鳴いた。

ジークヴァルドの目が珍しく驚いたように丸くなる。エステルは一瞬動きを止めた後、顔を真っ赤にして腹を押さえた。

（こんな話をしている時に、どうして鳴るのよ！　もう少し緊張感を持ちなさいよ、わたし！）

誰かの前でこんな風に腹の音など鳴ったことはない。羞恥に内心で叫びまくっていると、ジークヴァルドが口元を片手で押さえるようにして、なぜか不思議そうに目を眇めた。

「それは……、腹が空いた時に鳴る音か？　自分以外で初めて聞いたな」

「ま、真面目に確認してこないでください！　初めて聞くくらい大きな音をさせて――」

なけなしの乙女心が傷つき、赤い顔で反論したエステルだったが、ふとからかう様子のなさそうなジークヴァルドに気づいた。

「あの、本当に聞いたことがないんですか？」

「ないな。竜騎士を選んだことがないのだから、当然だろう」

「いえ、そうではなくて、他の竜の方々やご両親とか……」

今更ながら、妙にこの棲み処が静かなことに思い至った。竜はあまり群れないのは知っていたが、それでも幼い頃には親がいたはずだ。エステルは塔で子竜のために怒る親を見ている。聞いていないということがあるのだろうか。

「親は孵ったばかりの俺をこの棲み処に置いて、出ていった。力が強すぎて、ある程度の制御を身につけるまではほとんど誰も近づけなかったからな。近づけたのは今の長ぐらいだ。聞いているわけがない」

それに何か問題でもあるのか、とでも言いたげに見られて、エステルは何も言えなくなってしまった。その顔に陰りや寂寥などといった暗い表情が浮かんでいないので、なおさらだ。

（お腹の音から、まさかこんなに重い話が出てくるとは思わなかったわ……。でも気にしていなさそうに見えるんだけれども）

親に育児放棄をされたと人の感覚では思うのだが、竜の常識では憐れむことではないのだろうか。どう声をかけるべきか迷っていると、この状況に全く配慮してくれない腹の虫が再び鳴いた。

「……………すみません。何か食べる物とかありませんか？」

恥を忍んでそう訴えると、やはり不思議そうに観察していたジークヴァルドは、笑うでも呆れるでもなく、一つ頷いて踵を返した。

「来い。ついさっき、クリスが使いに食事を届けてこさせた。セバスティアンが届けないとお前が死ぬと騒いだそうだ。物を食べなければ生きられないとは、人というのは面倒だな」

言葉通り面倒そうな口ぶりに、エステルは苦笑いをした。

死ぬ、とはいかにも食い意地が張っているセバスティアンが言いそうなことだ。気遣ってくれたのは感謝するが。

（光と水さえあれば生きられる竜には食事は面倒なことなの？　それともジークヴァルド様だけなのかしら）

小さな疑問を抱えながら歩を進めていると、ふいにジークヴァルドが思い出したように口を開いた。

「食事を終えたら、すぐに塔に戻るぞ。長がお前を呼んでいるそうだ」

「……わたし、何か呼び出されるようなことをしましたか？」

ひくりと顔を引きつらせる。長の姿を見たのは昨日が初めてだ。呼び出される理由がわからなくて、戸惑いよりも恐ろしさを覚える。

「お前が塔に来てから描いた絵でいいので、見せてほしいらしい」

「私の絵……。っ――はい、もちろんです！」

長の本音なのか建て前なのかわからなかったが、エステルは嬉しさと緊張を滲ませてしっかりと頷いた。

＊＊＊

時折紙がこすれる音を聞く度に、エステルの心臓が大きく跳ねる。

エステルが座った椅子の向かいで、ゆったりとした大きめのソファに埋もれるように腰かけてスケッチブックの絵を楽しそうに眺めているのは、昨日ジークヴァルドたちの諍いをあっという間に収めた竜の長だ。

塔に戻ってきたエステルは、話し合いがあるジークヴァルドや叔父たちではなく、心配のあまり一睡もできなかったと訴えたユリウスとセバスティアンに連れられてびくびくとしつつ長の部屋へと向かった。セバスティアンとユリウスは呼ばれていないから、と扉の外で待っていてくれている。

（ジークヴァルド様の番が人間のわたしだっていうことに、何か言われるかと思ったけれども）

今朝のジークヴァルドの話しぶりでは、長は親代わりだというように聞こえたが、今のところ番については何も言われていない。

エステルが声をかけられるのを大人しく待っていると、しばらくして全てを見終わった長はスケッチブックを丁寧に閉じると、親しみのこもった表情でこちらを見つめてきた。

「とても楽しそうにそなたが描いているのがよくわかる絵だね。こちらも楽しませてもらった」

「ありがとうございます。そう言っていただけますと、わたしも描いたかいがあります」

褒められるのは純粋に嬉しい。竜を描いたものだからこそ、なおのこと竜の長に喜ばれるのは胸がいっぱいになる。

長の後ろに控えていた側仕えの竜の婦人を介して、返してもらったスケッチブックを膝に載せて大切そうに撫でていると、長は肘かけにもたれかかるようにしてその様子を見つめていたが、やがておもむろに口を開いた。

「――そなたは、竜が好きかい」

「はい！　これほど優美で、綺麗な存在はいないと思います。うまく言葉で表現できていないのが悔しいくらいです。それを絵で表現できているのかどうかもわかりませんが……」

嬉々として語ろうとして長の前だということを思い出し、慌てて言葉を切る。

「大きな声を出してしまって、申し訳ございません」

「いいや、そなたの想いはよく伝わってきたよ。そこまで好いてくれると、心地よい」

穏やかに微笑んだ長の後ろの薄い帳が引かれた窓の隙間から、鋭さを増す夏の日の光が差し込んでいる。エステルが入室した時から全ての帳が引かれていたが、もしかしたら高いところが苦手だというのを知っていて、遠くまで見渡せてしまうのを配慮し閉めておいてくれたのかもしれない。

「そんなそなたからしてみれば……昨日のルドヴィックの件はなおのこと驚いただろう。あれは人のことを軽視しすぎるから、困ったものだよ。だから次期の長には指名しなかったと伝えたはずなのに、まるでわかっていない」

弱ったように眉を顰めた長が、小さく溜息をつく。

「人から見れば、私の下した謹慎という処分は随分と甘いと思うだろう。だが、竜から見ればそれほど軽い処分ではない。弱き人の子へは親愛と寛容を、という長の私の意向を無視して危害を加えるというのは、私の許しがあるまで棲み処から出られず、次の竜騎士も選べず、爪弾き者にされるということだ」

「……首にはめた金のトルクはその印ですか？」

「それだけではない。あれによって力を制限され、常に首を軽く絞められるのだよ。空高く舞い上がることもできず、地を這うように飛ぶ。我ら竜にはこれ以上の屈辱はない」

とん、と首元を指先で突いた長から語られた言葉に、エステルは意外に思って目を瞬いた。

（考えていたより、かなり重い罰だったわ……）

やはり竜の世界のことはよくわからない。竜騎士になったとしても理解できないことは多い、と竜と付き合いの長い叔父でさえもがこぼしていたことがあったくらいなのだから、そう簡単にわかるわけがない。

竜と人との違い、ということに、ふと今朝のジークヴァルドとの会話を思い出す。

（あれも、竜の常識ではやっぱり憐れむことじゃないのかしら。長に聞いたら竜の常識を非難することになる？　でも、知りたいし……。ん？　わたし、どうして知りたいの？）

自分の感情がわからない。ジークヴァルドのことを知ったとして、それでどうしたいのだ。

疑問がおそらく顔に出ていたのだろう。穏やかにこちらを見ていた長が促してくれた。

「何か気になることでもあるのかい？」

「……――今朝、ジークヴァルド様が幼い頃のことを少しお話ししてくださったのですが」

わずかにためらい、しかし思い切って口を開くと、長は静かに手を振って側仕えを下がらせた。

「なるほど。――そなたは、幼竜だったジークヴァルドを親があの場所に置いていったことが、納得がいかないのだろう？」

言い当てられてしまったエステルは、気まずげに小さく頷いた。

「わたしの感覚と竜の感覚はやはり違うものなのでしょうか？」

「そうだね。特別騒ぎ立てることではないし、むしろ幼いながら強い力を持つのは誉れだ。――だがそれでも、親の情がないわけではないのは理解しておくれ」

理解しろと言われても、いまいちついていけない。親が子を育てるのを放棄するのは、どうにも胸にせまるものがある。貴族が乳母に子を任せるのとも少し違うのだから。

「あれの親は孵ったばかりのジークヴァルドよりも力が弱かった。自分よりも強い力に恐れを抱くのは竜の本能だ。人よりもその感覚は強い。本来ならば、成長とともに増していく力を楽しみに見守れるはずだったのに、我が子と離れなければならなかったのは、誇らしいと同時に身が引き裂かれる思いだっただろう」

伏し目がちに愁いの言葉を口にする長の姿を見つつ、あの色とりどりの恐ろしい木の実が生る木の下に、ぽつんと一匹で我が子を置いていかねばならなかった親竜の姿が脳裏に浮かび、じくりと胸が痛んだ。

（置いていかれた側のジークヴァルド様も、何が何だかわからないままだったのかも……）

悲しむことではないと言われても、痛々しく思ってしまうのは、失礼なことだろうか。

「ジークヴァルド自身の方は力の制御ができるようになっても、幼い頃からほぼ一匹でいるのが当たり前だったからね。逆に近づかれるのはうっとうしくて仕方がないらしい。クリストフェルが配下としていられるのは、その辺りの按配がよくわかっているからだろう」

クリストフェルがジークヴァルドに柔らかい物言いながらも意見できるのは、面倒ごとを嫌うジークヴァルドが周囲との軋轢を埋めるために重宝しているかららしい。

「なまじ、クリストフェルが意を汲むのがうまいものだからね。ジークヴァルドは時々言葉が足りない。昨日も指摘をしたのを聞いていただろう。だからそなたを呼んだのだよ」

エステルは目を瞬いてわずかに首を傾げた。

「どういうことでしょうか？」

「ジークヴァルドに対して何か理不尽で納得できないことがあれば、先ほどのように遠慮なく私にお言い。本来なら番の問題に首を突っ込むわけにはいかないが、そなたは人だ。多少の差し出口をしなければ、そなたが憐れだ」

憐憫の視線を向けられて、エステルは笑みを引きつらせた。

（そこまで心を砕いてもらえるのは、嬉しいけれども）

たとえ竜でも傍にいられるのがうっとうしいという時点で、ジークヴァルドの境遇に同情はできても、番になるためには相当な心の強さと覚悟が必要ではないだろうか。そこまでの覚悟はさすがにできない。

「その、番のことなのですが……。わたしには魅了の力があるそうなんです。それでも、ジークヴァルド様の番だと言えるのでしょうか？　惑わされている可能性はありませんか？」

ジークヴァルドとルドヴィックの言い分のどちらが正しいのかわからなかったのだ。長の言うことなら信用できる。

「確かに、そなたには魅了の力がある。だが、ジークヴァルドをも魅了するほどの力ならば、とっくにそなたの周囲の人間はそなたの言いなりになっているに違いない。そんなことはなかっただろう？　ジークヴァルドは惑わされていない。だから安心おし」

諭(さと)すように優しく目を細める長に、エステルはなぜかほっとしたことに気づいた。

(家族やアルベルティーナ様が魅了にかかっていないのがわかって安心するのはいいけれども、そこにジークヴァルド様まで入れたら駄目じゃないの)

番になる覚悟もないくせに、ジークヴァルドが惑わされていないのなら前向きに考えてみてもいいのでは、と思っているようなものだ。

エステルが自分を叱責(しっせき)していると、ふいに長が少しばかり難しい顔で、すっとエステルの膝に置かれていたスケッチブックを指し示した。

「ただ……絵を描く時にはお気をつけ。絵を描く際に、対象をよく観察するだろう。凝視するほど魅了は強くなる。さっきの絵にも、ほんのわずかではあるが魅了の力が移っているようだ」

「え……」

一度安堵してしまった分、その衝撃は大きかった。目を見張ったまま、スケッチブックを握りしめる。すうっと血の気が引いていくのがわかった。友人の嬉しそうな顔が頭をよぎる。

「故郷で、わたしに肖像画を描いてもらうと良縁に恵まれる、という噂があったんです。もしかして、それは……」

「ああ、おそらく、魅了の力のせいだろう。描かれた人物が魅力的に見えたのだろうね。時間が経てば消えてしまうほどのものだが」

どくどくと、心臓の音が大きくなった気がした。妙な噂は困る、と思っていたのに、心の底では自分が描いた絵を褒められているようで嬉しかったらしい。息が苦しくなるほどの衝撃を覚えるとは思わなかった。

(どれだけ思い上がっていたのよ……)

きつく唇を噛みしめる。時折、肖像画以外の依頼を受けて仕事として描かせてもらえたのも、自分自身の実力ではなく、全てはおかしな力のせいだったのだ。

愕然としてしまい、体から力が抜けてしまったかのように重たい。涙は出てこなかった。頭が感情を理解するのを拒絶しているかのようで、どことなく遠く感じられる。

回らない頭で、ふとあることに気づいた。

（わたし、もしかしてとんでもないことをしたんじゃ……）

感情を誘導し、強制的に縁を結ぶようなことをしたのではないだろうか。

エステルが蒼白になったのに気づいたのだろう。長が申し訳なさそうに表情を歪めた。

「驚かせてしまったようだね。そなたを悲しませるつもりはなかったのだが」

「いえ……、わたしがふがいないだけですから」

無理に笑みを浮かべて、首を横に振る。長はエステルがおかしなことに巻き込まれないように忠告をしてくれただけだ。

ふと長が、何かを思いついたかのように表情を明るくした。

「詫びにならないかもしれないが……。私の絵を描いてくれないかい？」

「——！　いいんですか!?」

長の申し出に、沈んでいた気分が一気に浮上する。描きたいという思いがこみ上げてきて、エステルはあまりの現金さに自分自身に呆れた。

「あ……ですが、なるべく描かない方がいいのですよね」

「魅了のことなら気にせずにお描き。私は竜だからね。ほぼ影響は受けない。——描くことが好きなのだろう」

それは好きだ。幼い頃、銀の竜を描きたいと切望したあの高揚が忘れられない。人に影響を与えるとわかっていても、描かせてくれるのなら描きたいと思うくらいどうしようもなく。

「――はい、好きです。描かせてください。お願いします」

気遣うような視線を向けてくる長に、エステルは安心させるように笑みを浮かべた。

＊＊＊

「では、竜騎士選定は続行、ということに」

話し合いの進行をしていたクリストフェルがまとめの言葉を口にすると、各国の世話役と共に、ジークヴァルドも頷いた。

それぞれの国で事情は異なる。一つの国が問題を起こし死人が出たとはいえ、どうしても竜騎士を得なければ疲弊するという国もあるのだ。竜騎士選定へ参加する機会はできるだけ減らしたくないだろう。

（こちら側としても、今年やってきた人間が、来年もまたやってくるとは限らないからな）

気になっていた人間をよく知る前に帰してしまっては、もう二度と会えないかもしれないのだ。選り好みが激しい竜たちにとっても、竜騎士を選ぶ機会を失うのは痛手だ。

話し合いの結果をそれぞれの国の竜騎士候補に伝えるために、こちらに一礼し、早々と去っていく各国の世話役とその主竜たちを見送るまでもなく、ジークヴァルドもまた席から立ち上がった。

ふと視線を感じて顔をそちらに向ける。エステルの叔父・レオンとアルベルティーナが剣呑な表情でこちらを見ていた。

(文句の一つも言いたい、といったところか)

レオンは硬い表情を崩すことなく会釈をすると、さっと踵を返した。その後を追いかけようとしたアルベルティーナがふいに振り返り、こちらにべえっと舌を出したかと思うとどこか怒ったようにレオンに飛びついた。急に飛びつかれて驚いたレオンにたしなめられつつも、彼らは振り返ることなく去っていってしまう。

奔放なアルベルティーナのすることだと、失礼な態度にも腹が立つことはなかったが、自分自身のことではないというのに、あれほど怒れることが理解できない。

(親愛の情、というのはああいう態度や感情のことを言うのだろうな)

自分にはほぼ縁がなく、面倒だとさえ思ってきた。エステルを排除しようとする竜や人間からあの娘を守ることでさえ自分自身のためだ。

ただ、あれらを見ているとどことなく苛立ちにも似た胸のざわつきを感じる。それが不快なのに、理由を知りたくなる自分がわからない。

「ジーク様、どうかされましたか？」

　じっとレオンたちが立ち去る姿を見据えていたのが気になったのだろう。声をかけてきたクリストフェルに軽く頭を振る。

「いや、何でもない。長への報告へ行く」

　踵を返し、クリストフェルを従えて塔の最上階にある長の部屋へと向かう。

　長の部屋に呼ばれたエステルがどういう意図で呼ばれたのかは知らないが、すでに日が傾きかけている。おそらくすでにいないだろう。

（弟と一緒にいるのならば、あれを連れ帰るのにまた騒がれそうだな。今夜はなるべく早く棲み処へ戻らなければならないというのに）

　アルベルティーナは力の差が少しあるので引かせるのは容易だが、セバスティアンは正直なところかなり面倒だ。すごんだところで、怯（おび）えはしてもおそらくは簡単には引かない。

（いくら魅了持ちとはいえ、そこまで竜に好かれるのは、竜を守りたいだの、仲間だのとおかしなことばかり言うせいか？）

　脆弱（ぜいじゃく）な人の娘だというのに、まるで人と接するかのような感情を竜に向けるせいなのだろうか。それはどことなく危なっかしく思える。

　今朝などは自分に食事を要求した。竜に食事を出せと言ったのは、おそらく後にも先にもあの娘くらいだろう。唖然（あぜん）としたのは言うまでもない。

ふいに背後にクリストフェルとは別の気配を感じた。歩きながら振り返ると、立ち止まったクリストフェルが配下の竜と言葉を交わしているのが見えた。頷き、話を切り上げたクリストフェルがすぐに追いついてくる。

「話し合いの最中に、ルドヴィック様の竜騎士の姿が塔にあったそうです」

「どこで何をしていた？」

眉を顰めて聞き返す。昨日、戒めのトルクをつけられたルドヴィック自身は大人しく棲み処へと帰って、長の言葉通り塔には来ていないはずだ。

「エステルが滞在していた部屋の片付けを窺っていたようですが、すぐに立ち去ったとか。あとは自国の――ルンドマルクの竜騎士候補たちと雑談をしていたようです」

クリストフェルがもたらした情報に、ジークヴァルドは考えを巡らせた。

（あれの部屋に何かあったか？）

ルドヴィックの指示だとしても、エステルの荷物の中に重要な物があったとは思えない。竜騎士が自国の者と話すのは、ルドヴィックが国に赴こうとしないからだろう。長の容体が思わしくないのが心配だ、ともっともらしい理由をつけて数度行った後、ここしばらくは【庭】から出ていない。竜騎士が自国の状況を知りたいのだと考えれば頷けるが、何かが引っかかる。

「荷物はあれの弟が預かったはずだな？　なくなった物がないかどうか、確認させろ。あとは会話がわかるのなら、聞き出しておけ」

クリストフェルに指示を出すと、配下は静かに頷いて去っていった。

（さらに何かするつもりか……。ここにいてもいなくてもやっかいだな）

苦々しく思いながら長の部屋までやってきたジークヴァルドは、応対に出た長の側仕えに静かに入るようにと請われ、何があるのかと不審に思いつつ部屋に足を踏み入れた。

入った途端に、かすかにミュゲの花の香り――番を示す香りが鼻をかすめ、エステルがまだそこにいたことに気づいて軽く驚く。

エステルは大きく開けられた窓の外のバルコニーに佇む青紫色の鱗を持つ竜の長を、一心不乱に描いていた。その横顔は真剣で、いくら静かに入室したとはいえジークヴァルドが入ってきたのにもかかわらず、こちらを見もしない。代わりにジークヴァルドに気づいたのは長だ。声をかけるな、とでも言うようにかすかに首を横に振られる。

（また絵か……）

呆れるというよりもなぜそこまで夢中になれるのか不思議だった。今朝も目覚めた直後から、うろうろと歩き回って観察しながらジークヴァルドの絵を描いていた。初めて顔を合わせた時にも見た期待と憧れに輝く視線に、いつまで描くのだろうかと興味本位で寝たふりをして薄く目を開けて見ていたが、なかなか終わらずに、こちらの方が根負けしたのだ。

（くるくると、よく表情が変わるな）

楽しそうだと思えば、難しい顔をしたり、得意げな顔になったりと、様々な表情を浮かべて絵を描いているエステルを珍しい物を見るかのようにしばらく眺めていたが、徐々に長の向こうに見える空が闇を帯びてくるのに、さすがにこれ以上は待てなかった。

「――そろそろ報告をしたいのだが。役目に間に合わなくなる」

長が止めてもいないのに、口を挟むのもどうかと思ったが、時間がない。

(もう少し見ていてもよかったが)

そんな思いが浮かんだ自分に疑問を感じながら、ジークヴァルドは灰色の瞳を見開いてこちらを見たエステルを、まっすぐに見返した。

＊＊＊

樹海の木々がざわざわと音を立てる。波の音にも似たその音が、ジークヴァルドが樹上すれすれに飛んでいる音だと気づいて、その背に乗っていたエステルは緊張と恐怖によって動きの鈍い頭の片隅でおかしいと首を傾げた。

(何かの役目に間に合わなくなる、とか言っていたのにこんな低く飛ぶなんて……)

高く舞い上がった方が速く飛べるはずだ。森の木々は平均的ではないのだから時折高く伸びた枝を避けるとなると、速度は落ちる。

恐ろしいというのは相変わらず払しょくできなかったが、そんな疑問が頭に浮かぶくらいには乗せられて飛ばれることに耐性がついてきたのだろうか。

『――間に合いそうだな』

ぼそりとジークヴァルドが独り言ちる。立てつけの悪い扉のような動きで顔を上げたエステルは、黄昏の空の下にぼんやりと浮かび上がるかのような、灰色の尖塔――ジークヴァルドの棲み処を見つけて、あと少しだと息をついた。

みるみると棲み処が近づく。ゆっくりと旋回して降下していく時が一番恐ろしい。地面に叩き付けられるのでは、という恐怖を払うようにきつく目を瞑り顔を伏せる。

ほとんど音を立てずに地面に降り立ったジークヴァルドに、エステルはようやく全身の力を抜いた。腕にかけていたバスケットがぶらりと揺れる。

（こ、今回も大丈夫だった……）

ずるずると滑り降りると、ジークヴァルドはエステルが地に足をつけるなりすぐに薄氷のような翼を羽ばたかせた。

『凍えたくなければ、奥に入っていろ』

再び空へと舞い上がるジークヴァルドをどういうことだろうと不思議に思いつつ見送り、ふと降ろされた場所が棲み処の中庭だと気づいた。

「木の実が光っている……？」

毒だと聞いた色とりどりの木の実が淡く発光している。不可思議な現象に唖然としていたが、ふいに頬に吹き付けてきた冷たい風に、エステルは慌てて建物の中へと入った。中庭をぐるりと囲む回廊から空を見上げてみると、ジークヴァルドが棲み処の上空を旋回しているのがわかった。

木の実が一際強く輝き出す。まばらに光を強めていった木の実の一つが、ふっと枝から離れた。それを掬うように、ジークヴァルドが起こした氷交じりの風が巻き込み、弾けるように霧散した。細かな光の粒がぱっと辺りに舞う。初めの一つと同様に次々と枝から離れる光を帯びた木の実が瞬く間に砕け散り、空気に溶け込むように消えていく。

不可思議で、現実味がないというのに、その幻想的な美しさから目が離せなかった。

何の意味があるのかわからないが、ジークヴァルドが急いでいたのは光り始めたあの実を壊すことだったのだろう。

(なに、これ……。すごい……。描かなくちゃ！)

塔を出てくる時に、ユリウスから夕食だと渡されたバスケットを床に置き、息が凍るような寒さもものともせず、慌ててポケットの中からスケッチブックと木炭を取り出した。その途端、ふっと回廊に吹き込んできた強い冷風が、木炭を持つ手をあおった。

「あっ！」

取り落とした木炭が、中庭へと転がり落ちる。反射的に手を伸ばしたエステルは、たちまちのうちに霜に覆われた腕に、息を飲んで慌てて引っ込めた。

胸元に引き寄せてもなお霜に覆われた指先はどうなってしまったのか、うまく動かない。感覚さえも麻痺しているような気がする。

そのことに、ぞっとした。

スケッチブックを放り出し、わなわなと震えてくる体を縮めて、動きにくい右手を必死でさする。

冷たい風に、足元に広がる闇。ずくずくと痛みを訴える体に、自由にならない腕。次々と蘇る記憶と感覚。頭や胸を占めるのは、焦燥感と、足元から立ち昇るような恐怖だ。

「気のせいよ、動かないことはないから。ちょっと冷え切っただけ。大丈夫、大丈夫」

その場にうずくまり、突き動かされるように胸元に引き寄せた手を激しくこする。霜が取れても、かじかんだ指先はやはり動きが鈍い。呼吸が浅くなり、空気の足りない頭がくらくらとする。

「――どうした」

不審げな声が耳を打つ。大きく肩を揺らして恐る恐る顔を上げたエステルは、自分の顔が強張るのを感じた。こちらを覗き込むように少し背を丸めてそこに立っていたのは、冴え冴えとした美貌の銀の髪の青年だ。

「顔色が悪いな。冷えたか？　だから奥へ入れと言っただろう」

いかにも面倒そうに伸ばしてくるジークヴァルドの手を、エステルはとっさに振り払ってしまった。

「……っ。すみません！　ちょっと、触らないでください。すぐに、落ち着きますので」

竜の目に怒りを浮かべたジークヴァルドに訴えたが、それでも伸ばされた手がエステルの膝裏をさらって抱き上げた。ジークヴァルドの腕に支えられた背中に冷や汗が流れる。緊張に身を強張らせ、上げそうになった悲鳴を飲み込んだ。

「お、下ろしてください。少し休めば――」

「あそこで座り込まれるのは、邪魔だ」

さっさと歩き出したジークヴァルドが階段を上り始める。逃げ出したいような衝動を必死に抑えていると、すぐに今朝目覚めた広間のような部屋へ連れていかれた。

畳んだ毛布の上に下ろされると、ジークヴァルドはすぐに部屋を出ていった。そのことに肩に入った力を少し抜き、手を握ったり閉じたりする。かじかんで動きが鈍かった手は、ひやりと冷たくてもしっかりと動いた。

安堵に胸の中にたまっていた空気を全て吐き出すかのように、はーっと息を吐く。そうしているうちにどこかへ行っていたジークヴァルドが戻ってきた。その手には夕食入りのバスケットが握られている。意外な光景に、ぽかんと口を開けていると、ジークヴァルドは不機嫌そうにバスケットをエステルの傍に置いた。何気なく中を覗く。埃除けの布の上にエステルが落としたスケッチブックと木炭が置かれていることに気づいて、驚いた。

「――っ拾ってきてくれたんですか？　ありがとうございます」

「……放置したらうるさそうだからな」

じろりとこちらを睨んだジークヴァルドは、すぐに踵を返そうとした。その背に慌てて声をかける。

「さっきは振り払ってしまって、すみませんでした！」

エステルの謝罪にジークヴァルドの足が一瞬だけ止まる。それでもすぐに歩き出したかと思うと、数歩進んでどこかためらうように振り返った。

「――触るな、というのはどういうことだ。これまで離せとは言われたが、触るなと言われたことはない」

不可解そうに尋ねられ、まさか理由を聞かれるとは思わずに、言葉に詰まる。

(ジークヴァルド様の生い立ちを聞いたんだから、わたしも少しは話さないと不公平よね？)

理由もわからず振り払われるのは、それは気分が悪いだろう。

そう決めてしまうと、妙に落ち着いた。

「それは――」

「待て。食事をしながら話せ。腹の音で中断されたくはない」

ジークヴァルドが眉間に皺を寄せたまま、バスケットの方を顎で示した。

出鼻をくじかれた上に、気恥ずかしいことを指摘され、エステルは羞恥なのか怒りなのかわからない感情をぶつけるように、勢いよくバスケットの中身を取り出した。

＊＊＊

「わたしは子供の頃に、クランツ伯爵家の繁栄を妬んだ方の指示で誘拐されたんです」

エステルは手にしていたお茶のカップを握りしめ、できるだけ感情を乗せないように、言葉を紡いだ。

日が落ちた室内には、壁際にかけられた松明の灯が燃える音と落ち着いた波音が響いていた。

『確かに、竜騎士に選ばれるかもしれない子供を殺してしまえば、可能性が一つ潰せるな。アルベルティーナはどうした』

少し離れた場所で竜の姿に戻ったジークヴァルドが、寝そべったままこちらを見据えた。

棲み処にいる時には竜の姿の方が楽なのだろうか。こちらとしては、その方が話しやすいが。

「叔父と一緒にルンドマルクとの国境で起きた小競り合いを収めるために、出向いていました」

叔父がいたのなら、おそらく手出しはされなかっただろう。アルベルティーナはクランツ家の子供二人をことさら可愛がっていると、国では有名だった。

食事をしながら話せと言われたので、カップを置き、バスケットに入っていたライ麦パンのサンドイッチを手に取った。

「その日は酷い嵐でした。それも利用されたんだと思います。もしかしたら眠り薬も使われていたのかもしれません。――気づいたら、山の中で……。ちょうど崖の上から放り出されたところでした。わたしを見下ろしていた男性の顔が今でもはっきりと思い出せます」

初夏だというのに、先ほどジークヴァルドの冷風を浴びた時と同じように、ぞくりと寒気が走る。内臓が下から引っ張られるような、浮遊感。足がなぜか上を向き、頭はぐんぐんと下へと落ちていく。まざまざと思い出された情景に、身の内が凍えた。

「あの時の恐ろしさが今でも忘れられないんです。高いところはもちろん、大人の男性も少し怖い。普通に接する分にはほとんど気にならないんです。でも……さっきのように取り乱していると父や叔父でさえも振り払いたくなります」

思い出した感覚にぶるりと身を震わせると、ふいにジークヴァルドが首を伸ばして、エステルの傍にあった毛布をくわえて頭に落としてきた。

突然のことに驚き、まじまじと見つめてしまうと、ジークヴァルドはふいと顔を逸らして組み合わせた自分の腕の上に顎を置いた。

「ありがとうございます」

気遣ってくれたのだと気づき、自然と微笑んで礼を言うと、ジークヴァルドはどこか気まずそうに尾を小さく揺らして、口を開いた。

『——だから触るな、か』

エステルは無言で頷き、手にしたままのサンドイッチを一口かじった。ハムの塩気と濃厚なチーズの風味が食べ慣れた味でほっとする。おそらく母国リンダールの食材を使ったのだろう。思わず表情を緩めてしまうと、ジークヴァルドが不思議そうにかすかに首を傾げた。

『それにしても、よく助かったな。人はもっともろいものだと思っていた』

「運が良かっただけです。鎖骨と右腕の骨を折りましたけれども。木の枝にところどころ引っかかりながら落ちたようなので、それだけで済みました」

奇跡、と言えば奇跡なのだろう。もしかしたら攫った者も怒り狂った竜が来るかもしれない、という恐怖に適当な高さから突き落としたのかもしれない。

ジークヴァルドの視線が首から腕へと向けられた。竜の瞳からは感情が読み取れないが、それでも気にしていることはわかる。エステルもその視線を追うように自分の腕を見た。

「でも、この腕の怪我がなかなか治らないせいで……しばらく部屋に引きこもっていたんです。もう二度と大好きな絵を描くことも、憧れていた叔父のような竜騎士になることもできないのではないかと思い詰めてしまっていて」

誰にも会いたくないと、両親や弟さえも拒絶して部屋に引きこもっていた。思うように描けないもどかしさに、鬱々と過ごしていた毎日が終わったのは突然だった。

「そんな時に銀の竜が空を飛ぶのを見かけたんです。雄大な姿にあっという間に目が奪われてしまって……。興奮しきっていてあまりよく覚えていないんですけれども、ユリウスが言うには『描かないと人生最大の損失よ』とか叫んでいたみたいです」

あの時はいよいよエステルの頭がおかしくなったのか、と周囲は青ざめたそうだ。今となっては笑い話だが、当時は大騒ぎだった。

「いつかあの時の銀の竜が飛ぶ光景を、感動したあのままを描きたい、という一心でどんなに腕がうまく使えなくても、諦めずに描き続けたおかげで腕はもうなんの問題もありません。

――竜は、銀の竜は引きこもっていたわたしに憧れと希望を与えてくれたんです」

その銀の竜と同じ竜たちを好きにならないはずがない。

あの頃から続く温かな思いのまま全てを語り切ってしまうと、本竜相手にあまりにも熱を入れて喋っていたのが急に恥ずかしくなってきた。照れくさくなるのを誤魔化すように、はしたないほど勢いよくサンドイッチを食べ進める。二つ目のサンドイッチを口にした時だった。

『――希望とは、大げさだな。まあ、お前の絵は……悪くはないと思うが』

しばらくこちらに視線を送ったまま、微動だにしなかったジークヴァルドがぼそりと呟く。

その言葉に耳を疑うと同時によく噛まずにごくんと飲み込んでしまい、危うく喉が詰まるところだった。当然味などよくわからない。

（――っ、今、悪くない、って言ったの？　ジークヴァルド様が？　私の絵を……）

描かれるのが嫌だと言っていたのに、どういう風の吹き回しだ。それとも幻聴だろうか。

今朝だってそうだ。魅了の力がうっすらと残っていると言われたが、ジークヴァルドには効かないらしい。それなのにスケッチブックを破ることなく、好きにしろと口にした。

はっきりと褒められたわけではないが、それでも否定されなかったことに、胸いっぱいに嬉しさがこみ上げてくる。

「ありがとうございます。ジークヴァルド様にそう言われるのは、嬉しいです」

満面の笑みを浮かべて礼を口にすると、ジークヴァルドは一瞬だけ身動きするのを止めたが、無言で顔を逸らし、なぜかゆっくりと尾を揺らしだした。

（珍しく機嫌がよさそう？　何だか照れているようにも見えるし……。もしかして「ありがとう」って言われるのに慣れていない？）

先ほども毛布をかけてくれた礼を口にした際に、気まずそうに尾を揺らしていた。生い立ちや立場から鑑みると、そんな機会もなかったのかもしれない。

嬉しいのだろうかとゆらゆらと揺れる尾を眺めていると、ジークヴァルドもまたこちらを見据えているのに気づいた。その視線がしばらく経ってもまったく逸らされず、しかし沈黙したままなので徐々に耐えきれなくなってくる。

「ええと……、よければ食べてみますか？」

おそるおそる提案してみると、銀竜はそれまで機嫌よく揺らしていた尾をぴたりと止めた。

『それはお前が生きるために必要なものだろう。俺には必要ない。さっさと食べてしまえ』

必要ない、と言っておきながら興味はあるのだろう。ちらりとバスケットに視線を落としたジークヴァルドに少し考え、手にしていたサンドイッチを一旦埃除けの布で包んで膝に置くと、食事が詰まったバスケットを差し出した。

「食べきれないので食べてもらえると嬉しいです。ユリウスが詰めすぎてしまって」

正直なところ、渡された時から明日の朝食分も入っているにしては重すぎると思っていた。セバスティアン基準で考えると、おそらくこれでも足りないのだろうが。

ジークヴァルドはそれでも無言でいたが、重いバスケットをずっと持ち上げているのがそろそろきつくなってきた頃になって、ようやく身動きした。

人の姿になったかと思うとエステルの正面に片膝を立てて座り込み、難しい顔のままバスケットから適当にサンドイッチをつまみ出した。

「あ、それ多分ユリウスが作った物です。潰したジャガイモとベーコンを和えて、塩胡椒で味付けしています。ジャガイモの触感が残っていて、わたし好みなんですけれども……。あの、お口に合いますか」

エステルが説明している間に、ジークヴァルドは表情一つ変えずに食べきってしまった。

「口に合うのかどうなのか、わからない。ただ、吐き出したくなることはない」

「……まさかとは思いますけれども、食事をされたことは」

「記憶にあるかぎり、数度だな。調理されたものは食べたことはない」

ジークヴァルドは何でもないことのように告げてきたが、エステルにとっては衝撃でしかなかった。

（セバスティアン様は変わっているとは思っていたけれども、ジークヴァルド様に比べればまだ人間寄りなのかも……）

いくら竜にとって食事は嗜好品や回復薬のようなものだとしても、ほぼないというのは聞いたことがない。アルベルティーナもよくエステルとお茶会がしたい、と嬉々としてやってくる。ジークヴァルドのそれは食事に興味がなかったのと同時に、共に食事をしようという相手がいなかったせいなのだろう。

憐れむことではない、とわかってはいてもいたたまれなくなってきたエステルは、バスケットを半ば押し付けるようにジークヴァルドに差し出した。

「ご迷惑でなければ、何が口に合うのか一緒に食べてみましょう。あ、甘いのとかどうですか？　コケモモのジャムとかありますし、こっちはキャベツの酢漬け——」

ふいに唇の端にジークヴァルドのひんやりとした指先が触れ、エステルの頭は真っ白になった。すぐに離れた長い指が何かをつまんでいるのが見える。どうするのかと思っていると、パンくずに見えるそれをジークヴァルドはそのまま自分の口に入れてしまった。

「ついていたぞ。──まったくお前は……憧れだの希望だのと言って食事まで勧めてくるというのに、番だけは断る理由がわからない」

「…………そんなものを食べないでください！　こっち、こっちを食べてください！」

真っ赤になったまま、ジークヴァルドを睨みつける。なんてことをしてくれるのだ、この竜は。

「何をそんなに急に怒り出した。食べ物は食べ物だろう」

「わたしが番を断るのは、そういうところです！　ジークヴァルド様が人間の常識がわからないように、わたしにも竜の常識がわかりません。番の香りも感じ取れませんし、渋々でも番として受け入れられる方がよくわかりません」

わかりません、と何度も繰り返すのは赤子の癇癪のようだとも思ったが、羞恥も手伝って口が止まらなかった。

ジークヴァルドは不快を示すかのように眉を顰めていたが、やがて小さく嘆息した。

「──昔、竜と人との距離がもう少し近かった頃、竜の番になった娘がいたからだ」

「わたしよりも前に、竜の番になった方がいたんですか!?」

驚きのあまり声が裏返る。前代未聞のことではなかったらしい。

「嘘だと思うのなら、棲み処を捜索してみればいい。この棲み処はその娘のために建てられた。

竜の大きさに合わせた部屋はここと バルコニーくらいだ。朽ちてはいるが、娘の部屋もそのまま残っている」

淡々と告げてくるジークヴァルドは嘘を言ってはいないのだろう。見ればすぐにわかるような嘘をつく必要がない。そして本当だからこそ、いつ現れるとも限らない次の番を待つわけがないのだ。

この棲み処を建てた竜は、自分の番の娘のことをよほど大切に思っていたに違いない。そうでなければわざわざ人のために竜がこれほどのものを作らせるとは思えない。

(そんな風に愛されているわけでもないのに、種族も文化も生活も違う竜に嫁げるの? 竜騎士選定が終わるまであと二月……。その間に覚悟が決まるの?)

竜騎士はいつでも契約を解くことができる。だが、おそらく番は違う。一生竜と添い遂げる。それほどの勇気も、思いも今の自分にはない。

何も言わずにこちらを見ていたジークヴァルドが、ふっと外の様子を窺うように顔を上げた。

「どうかしましたか?」

「何かが近づいた気がしたが……。ここにいろ。外を見てくる」

竜の姿に戻ったジークヴァルドが歩き出そうとして、ふと振り返った。そうして鱗を一枚引き抜きエステルの前に置いた。

『持っていろ。これは竜騎士の契約の鱗ではない。だが竜なら多少の牽制にはなるはずだ。隙

をついて逃げろ。子竜を連れて逃げたように、逃げ足は速いだろう』

驚くエステルを後目に、それだけ口にしたジークヴァルドはさっさと外へと出ていった。

松明の灯に照らされた鱗が、ゆらりゆらりと輝いている。

少し迷い、手に取った鱗はまるでガラスのようにひんやりとしていた。

「綺麗……」

本来なら、銀に一滴の青を落としたような色だと知っていたが、灯に照らされているせいか薄く赤を帯びているのが複雑な色合いとなって美しい。

（これは『番』に対する優しさよね。わたし自身に向けられているわけじゃないのが、何とも言えないというか……。いやいや、番を拒否しているのにそんなことを考えたら、理不尽よ）

少しだけ寂しい、と思ってしまったことに、エステルは慌てて首を横に振り、鱗を丁寧にハンカチに包んで、そっとポケットにしまった。


棲み処の外のバルコニーに出たジークヴァルドは、降るような星空に紛れるようにこちらにやってくる黒竜の姿を認め、目を細めた。

『ルドヴィックの竜騎士のことか？』

上空から舞い降りてきた配下の黒竜に問いかけると、クリストフェルは竜の姿のまま静かに頷いた。昼間、自国の者としていた会話の内容を聞き出してきたのだろう。

『自国のルンドマルクの竜騎士候補たちに、エステルの行動を逐一報告するようにと要請したようです。これまで以上にエステルから目を離さない方がいいかと』

『やはり俺ではなく、番を狙ってくるか』

エステルを殺されてしまえば、次の番をまた待たなければならない。今までは体の不調を感じたことはなかったが、この先はわからない。他の例を考えてみると、そろそろ危険な領域だ。

『それとあの者の素性ですが、実は――』

クリストフェルが告げた言葉に、ジークヴァルドは苦々し気に唸った。

『それが本当なら、なおのこと竜騎士を監視させろ。昨日、あの娘を攫おうとした者も、おそらくそそのかされたのだろう』

背中を押されなければ、あれほど早く行動を起こせるはずがない。

了解するように深く首を垂れて戻ろうとしたクリストフェルが翼を広げかけて、ふとこちらを振り返った。

『嬉しそうですね。エステルと仲良くやっているようで、安堵しました』

『そんなことは――』

ないと、言うよりも早く、クリストフェルがバルコニーから飛び立った。

行き場をなくした言葉を悔し気に飲み込み、先ほど出てきた棲み処の扉を見やる。

(中へ戻れば、また食事を勧められるのか？　それにしても、あれはなぜ怒ったんだ)

わからないとエステルが言うように、こちらもエステルのことがわからない。ただ、苛立ちはしなかった。あるのは純粋な興味だ。

身を翻して扉を開ける。中で待っていたエステルは、何やら難しい顔で黙々と食事をしていた。こちらに気づくと、ぱっと笑みを浮かべてすぐにしまったとでも言うように、顔を取り繕う。その表情が少し面白い。それを指摘すれば怒るのだろうというのは今度はわかるが。

小さく嘆息し、ジークヴァルドはゆっくりと室内に身を滑り込ませた。

第五章　疑惑は竜の嵐を呼ぶ

　エステルがジークヴァルドの棲み処に行くようになってからしばらく経ち、竜騎士選定の終了まで一月を切ったその日、塔の庭園ではエステルが最も心躍る光景が繰り広げられていた。

　塔を背に悠然と佇む小麦色の竜を、片膝をついて緊張感に溢れた表情で見上げているのはリンダールの友好国、レーヴの護衛隊長だ。

――次期の長として、竜騎士の契約を見届けてほしい。

　小麦色の竜がジークヴァルドにそう告げてきたのは、いつものように棲み処からエステルを乗せたジークヴァルドが塔の着地場に降りた直後だった。

（見たいと思っていたものが見られるなんて！）

　もしかしたら見られるかもしれない、と期待に胸を膨らませていたが、本当に見られるとは思わなかった。

　竜の姿で彼らの傍に堂々と構えているジークヴァルドの近くではなく、少し離れた場所で見守るユリウスやセバスティアン、そして叔父たちといった塔にいるほぼ全ての竜たちや人々に交じりながら、エステルはどこか夢見心地でそれを眺めていた。

　抜けるような空の下、小麦色の竜がジークヴァルドの許しを得て、自身の血に浸した契約の鱗を近衛隊長に渡す。恭しく鱗を押し抱いた護衛隊長が、傍に控えていたレーヴの世話役の竜騎士から差し出された木槌を受け取り鱗を砕くと、高らかに宣誓をした。

「我が主となる竜に心からの忠誠と信頼を捧げる」

護衛隊長が砕いた鱗を飲み下す。少し辛そうに顔をしかめ、身を強張らせた次の瞬間、その変化は起こった。

護衛隊長の漆黒の髪が瞬く間に小麦色へと色を変えた。上がった息を整え、主竜となった小麦色の竜を誇らしげに見上げる瞳は、ここからでは見えないがおそらく同じ色をしているのだろう。

一斉に竜たちが祝福の咆哮を上げる。わっと人々の間からは歓声が上がった。

歓喜の声に包まれて、小麦色の竜が己の竜騎士となったばかりの護衛隊長を乗せ、空高く舞い上がる。

初めての飛行でも背筋を伸ばしまっすぐに前を見据えて竜の背に乗る護衛隊長の姿を、エステルは感動と憧れが混じった思いを抱えながら、必死に目に焼き付けた。


「逃亡に使おうとしていた箱馬車が盗まれた？」

感涙ものの竜騎士の契約の儀式の立ち合いを終えて、ユリウスたちと塔のセバスティアンの部屋にやってきたエステルは、険しい顔で尋ねてきた叔父の言葉を繰り返し、ぱちぱちと目を瞬いた。

　この時期になれば先ほど契約をしたレーヴの護衛隊長のように、竜騎士に選ばれるかどうかおおよそわかるそうだ。世話役の叔父は、帰りの手配のために国境に行って馬車が一台ないことに気づいたらしい。

「ああ、盗まれるような物じゃないはずだ。外へ出る以外の用途がない」

「別に国境にある分には、おかしくない物だものね。あたしたちが用意した物とは別の馬車はちゃんとあったし。なーんか、嫌な感じはするのよ」

　アルベルティーナが唇に指先を当て、浮かない顔でこてんと首を傾げる。警戒する叔父とその主竜に、同じく嫌な予感が首をもたげた。

「ジークヴァルド様に伝えに行った方がいいですか？　今、竜の方々から竜騎士候補の報告を受けている最中ですけれども……」

　少し焦りを覚えて、座っていた椅子から立ち上がったエステルを、隣に座ったユリウスが嘆息して止めた。

「馬鹿正直に逃亡用の箱馬車がなくなったとか言わない方がいいよ。せっかく逃げようとしたことをうやむやにしてくれているんだから。他の竜に知られたら、ジークヴァルド様じゃなくて周囲の竜たちに今度こそ本気で監禁される」

「うん。僕もそう思う。番の誓いの儀式もしていないのに、ジークが棲み処に連れ帰っているからねー。そんなに大切にしてもらっているのに、逃げ出そうとするなんてとんでもない、とかみんなが言い出しそうだよね」

セバスティアンがもそもそと皿に盛られた焼き菓子を食べながら、こくこくと頷く。

エステルは曖昧な笑みを浮かべた。

(大切……？　確かにお守り代わりに鱗をくれたけれども)

周囲からどう見えているのか知らないが、エステルから見るジークヴァルドの態度はあまり変わらない。強いて言えば絵を描くことを咎めなくなり、少し会話をするようになったことだろうか。そう言われるのはなんとも複雑な気分になる。

(あ、でも見られているのがいたたまれないから、一緒に食事をしてほしい、って頼んだら、時々してくれるようになったわよね。面倒そうだけれども)

難しい顔をして考え込んでいたユリウスが、ふと何か思い出したように顔を上げた。

「そういえば、少し前にクリストフェル様から、エステルの荷物からなくなった物はないかどうか聞かれたことがあったよね？　もしかしてそれって関係しているかな」

「ルドヴィック様の竜騎士がわたしのいた部屋の辺りをうろついていたから、とか言われたあの話？　あの時に確認したけれども、何もなくなった物はなかったわよ」

ユリウスと頭を突き合わせて考え込み始めると、同じように思案していた叔父が顔を上げた。

「ジークヴァルド様への報告は俺たちがしておく。竜の方々の報告会が終わるまで待っている時間が無駄だ。エステル、お前はもう一度荷物を調べておいたほうがいいが……荷物はジークヴァルド様の棲み処か？」

「はい、そうですけれども……。ジークヴァルド様もいないのに、どうやって棲み処まで行ったらいいですか？　勝手に入ったら怒られるかもしれませんし」

　エステルがジークヴァルドの棲み処に滞在するようになってから、荷物だけでなく人が住めるようにとクリストフェルの取り計らいで色々と棲み処に運び込まれた。定住するかのような準備を止めたかったが、クリストフェルに竜騎士選定が終わる前に体を壊されては困りますので、とやんわりと言いくるめられてしまった。

　綺麗に整えられた室内を思い浮かべ、首を傾げると、さっとセバスティアンが得意げに手を上げた。

「はいはいはい、すぐに行きたいのなら僕が連れていってあげるよ。棲み処の中は同じ竜でも嫌がられるけど、近くまでなら大丈夫だから」

「ええと……、それは助かりますけれども……」

　そろりとユリウスに視線を向ける。セバスティアンはユリウスが乗っていないと、着地に失敗する確率が非常に高く、飛ぶのもふらふらとまるで酔ってでもいるかのように心もとない。はっきり言って飛ぶのがとんでもなく下手だ。ジークヴァルドに乗せてもらうのだって怖いのに、その背に乗るのは怖すぎる。

どう断ろうかと思っていると、ユリウスが安心させるように笑みを浮かべた。

「二人乗りはしたことがないけれども、大丈夫だと思うよ。俺が乗っていれば安定しているし」

自信ありげにそう言われ、多少の不安を感じつつも、エステルがセバスティアンに「お願いします」と頼むと弟の主竜はしっかりと頷いた。

話が決まったのなら早く行こう、と叔父たちは報告へと赴き、エステルたちは塔の外の着地場へと出てきた時だった。

「あっ、エステルだっ。エステル！」

「エステルだっ。どこかへ行くの？」

庭園で遊んでいた子竜たちが、わらわらと寄ってきてしまい、ユリウスたちと困ったように顔を見合わせた。

「忘れ物を取りにジークヴァルド様の棲み処に行くんです」

当たり障りのない言葉を口にすると、子竜たちはつまらなさそうに声を上げた。

「えぇ……、遊びたいのに」

「遊んでからじゃ駄目？」

まとわりついてくる子竜たちに、どうやって言い聞かせたら引いてくれるだろうかと悩んでいると、不意に子竜の後ろから声がかけられた。

『――ほら、あなたたち、エステルを困らせたら駄目よ。長のお食事を出しに行きますから、一緒に行きましょう。お話をしてくださるわ。――エステル、こちらは気にしないで行ってください』

渋る子竜たちを宥めるように一匹の鮮やかなミモザの花のような黄色い竜がやってきた。優しげな声は女性のものだ。ただし、やはりあまり目を合わせてはくれない。そのことに少しだけ残念な気持ちになったが、すぐに笑みを浮かべる。

「ありがとうございます」

思わぬ助けに感謝して、早くも竜の姿になって待っていたセバスティアンにユリウスの助けを借りてよじ登る。

緊張しつつ前に乗ったユリウスの腰に腕を回すと、『いくよー』と言うセバスティアンの呑気な声と共に空へと飛び上がった。

＊＊＊

　塔の自室で竜騎士候補の評価報告を聞き終えたジークヴァルドは、部屋から出るなりそこで待ち構えていたアルベルティーナとレオンに、不審げに眉を顰めた。

「ジークヴァルド様、少しお話があるの」

　アルベルティーナの硬い呼びかけとその竜騎士の険しい表情におそらくはエステルに関することなのだろうと当たりを付け、たった今出てきたばかりの部屋へと戻る。

　ジークヴァルドが椅子に腰を落ち着け、クリストフェルがしっかりと扉を閉めるのを確認してから、今度はレオンの方が竜騎士候補の帰国用の箱馬車がなくなったと報告をしてきた。

「エステルが荷物を確認しに棲み処へと行った？」

「はい、おそらくすでに到着して確認している頃です。エステルが一人で棲み処へと足を踏み入れることは、ご不快かと思いますが状況が状況ですので、お許しください」

「ああ、それはかまわないが」

　そう口にしてから、不快だと思わないことにふと気づいた。人間はもちろん、他の竜でさえも棲み処に立ち入られるのはあまりいい気分ではなかったのだ。だが、不在時にエステルが棲み処にいたとしても、特に嫌悪は抱かない。

（ここのところ、毎日連れ帰っているせいか？　それとも番とはそういうものなのか？）

　内心で首をひねりつつ、傍のテーブルに置いてある一冊の真新しいスケッチブックにちらりと視線を向ける。絵を描くことに命を懸けている、と言っても過言ではないエステルのスケッチブックを破ってしまったままだったことに気づき、クリストフェルに指示し、【庭】の外から取り寄せさせたのだ。喜んでくれると思いますよ、と微笑ましそうにクリストフェルに言われたのが癇に障ったが。

しかし気がかりなのはセバスティアンたちが一緒だとはいえ、塔内ならともかく、自分から離れて行動しているということだ。

「クリス、ルドヴィックの竜騎士は今日、塔には来ていないな」

「はい、まだそのような報告は――」

クリストフェルが答えかけたその時、悲鳴にも似た竜の咆哮が塔の上階から響いてきた。

半ば反射的に窓に駆け寄り上を睨むように見上げると、騒ぎを聞きつけた竜が動揺したようにあちこちから首を出していた。

「ジーク様、あれは長の側仕えの声です」

蒼白な顔をして隣に並んだクリストフェルに、頷く。ただならぬ声だ。病を患っていた長の体調が急変したのかもしれないが、それにしても悲鳴を上げるのは少しおかしい。

「アルベルティーナ、俺の代わりに棲み処へ行け。レオンは各国の世話役に竜騎士候補は何があっても宿舎の外に出るなと伝えろ。クリス、共に来い」

窓から外へ出ながらそれぞれに指示を出す。すぐに竜の姿へ戻り舞い上がると、その脇をかすめるかのようにアルベルティーナが矢のような速さで棲み処へと飛んでいった。

長の部屋がある最上階のバルコニーに降り立ったジークヴァルドは、ふいに流れてきた鉄錆の匂いに、鼻に皺を寄せた。

「血の匂い……？」

漂うはずのない匂いに、すっと頭の芯が冷えた。

ばらばらと長の部屋の前に集まってきていた竜たちがジークヴァルドの姿を認め、慌てて開けた道を足早に通り、中へ駆け込む。

居間に長の姿はなく、寝室のほうから取り乱したかのように長を呼ぶ側仕えの声がした。そちらへ足を向けたジークヴァルドは、目に飛び込んできた光景に、一瞬言葉を失った。

「――っ長!!」

寝台に埋もれるように横たわった長の首がかき切られ、おびただしい血が服や布団を染め上げていた。薄く開いた柔らかな紫色の瞳には生気がない。あきらかに命の灯が消えている。誰かに殺されたのは一目でわかった。

「何があったのか説明しろ」

低く押し殺した声で、傍で泣き叫ぶ側仕えを問い詰める。ジークヴァルドの威圧に、大きく肩を揺らした側仕えは、表情を引きつらせたまま口を開いた。

「わ、わかりません。お食事を出した後、長はジークヴァルド様が報告に上がられるまでお休みになると仰られていました。お話し合いが終わったようですので、私が起こしに来ましたら、このような、ことに……」

顔を覆ってすすり泣きを始めた側仕えに、ジークヴァルドは外へ出るようにと促した。頷いた側仕えが覚束(おぼつか)ない足取りで立ち上がる。その際、かけ布の端から力なく出ていた長の腕を側仕えが丁寧な仕草で戻す。鱗に覆われた長の手が何か白っぽい物を握りしめていた。

「あら……、これは……」

側仕えが軽くそれを引っ張る。するりと抜けたそれは、握り潰(つぶ)された紙の切れ端だった。何に驚いたのか、側仕えがこれ以上もなく大きく目を見開いて、ジークヴァルドを見上げてくる。

「そこに何か書かれているのか？　渡せ」

犯人の手がかりでもあるのかと思いつつも要求すると、愕然(がくぜん)とした表情を浮かべた側仕えが、わなわなと震える手で紙の切れ端を差し出した。

「これは……、翼？　竜の翼の絵、か？」

脳裏にぱっと浮かんだのは、エステルの顔。時折見せてくる絵の印象によく似ている竜の翼の絵が描かれた紙片から、うっすらとミュゲの花の香りが漂ってくる。

(――盗んだのはこれか。エステルが長を殺害したと仕立てるつもりだな)

こんな小さな切れ端がなくなったことに、すぐに気づけるわけがない。

ぎり、と唇を噛(か)みしめ、ジークヴァルドは付き従ってきていたクリストフェルを振り返った。

驚愕(きょうがく)の表情を浮かべていた配下の肩を強く掴(つか)む。

「ここにエステルの絵があったことを広めるな。こうなったら、俺はすぐには動けない。アルベルティーナの後を配下の誰かに追いかけさせて、そのまま棲み処からあの娘を出すなと伝えろ。ルドヴィックの戒めの環も壊れているはずだからな」

顔を強張らせたまま、神妙に頷いたクリストフェルがすぐさま踵を返す。

クリストフェルが群がる仲間を押し留めるかのように扉を閉めると、ざわめきが少し遠ざかる。

（竜騎士をうまく利用し、長を殺してまで俺を追い落としたいか、ルドヴィック）

腹の底から湧き起こってきたのは、自分を目の敵にする竜への激しい怒り。

エステルだけではなく、長までをも巻き込み、【庭】を混乱させてまでも欲するのは、ジークヴァルドの命なのか、それとも支配欲を満たすためなのか。

長の亡骸が横たわる寝室へと足を踏み入れる。力が抜けてしまったかのように床に座り込む側仕えに、ジークヴァルドはできるだけ優しく声をかけた。

「手早く長を清めてくれるか。竜の姿に戻りかけている。ここで戻られたら、弔うこともできない」

側仕えがはっとしたように顔を上げる。準備をしてまいります、と静かに外に出ていくのを見送るまでもなく、ジークヴァルドは何か大事なものがなくなってしまったかのような空虚な思いを抱えながら、微動だにせずに眠る長を見つめた。

しばらく佇んでいると、そこへ指示を受けて外へ出ていったはずのクリストフェルが戻ってきた。なぜかその後ろには青緑色の髪に、うっすらと同じ色の鱗が両腕に浮かぶ少女竜がいる。

「遣いは出したのか？」

「はい、扉の外にいた配下を出しました。あと、こちらの者がジーク様にお話があると……」

クリストフェルの手によって、やんわりと押し出された少女竜は真っ青になって小刻みに震えている。配下がこうやって連れてくるということは、この件に関して重要な話なのだろう。

「あの、わ、私、長に何かあったって聞いて、怖くなって……」

動揺のあまりなのか、少女竜の周りに小さな旋風が舞う。それを握りしめるように消したジークヴァルドは、張り付けたような笑みを浮かべた。

＊＊＊

「なくなった物がないか、とか言われても、特にないのよね……」

ジークヴァルドの棲み処に用意された部屋で、エステルは眉を顰めていた。

何とか無事にセバスティアンによって棲み処の傍まで連れてきてもらい、すぐに荷物の確認を開始したが、やはり特にこれといってなくなった物はなかった。

生活用品や衣服も揃っているし、装飾品は数本のリボンだけだ。宝飾類はもとから持ってきていない。あとは荷物の三分の一を占めるスケッチブックと木炭だ。

一冊一冊箱から取り出してスケッチブックを矯めつ眇めつ見ていたエステルは、一番下にしまっておいた物が、ジークヴァルドに描かせてくれと突撃した時に破られてしまった物だと気づいた。そうっと表紙を開く。

(これ、どこかで糊をもらって直そうと思っていたのよね……。あれ？　これ、足りない？)

庭に散らばってしまったスケッチブックは、ジークヴァルドの目に触れたら怒りを増幅させるかもしれないと残らず拾い集め、破れてしまった箇所が全て合わさるようにきちんと確認しばらけないようにしまっておいたはずだ。それなのに、描きかけの竜の翼部分がない。

スケッチブックを収めていた箱をひっくり返してもどこにも見当たらない。他のスケッチブックは先ほど確認したばかりだ。挟まるわけがない。

(これ、かしら……。でも、こんな切れ端を盗んでも……)

少し悩んだが、他に思い当たる物はない。とりあえず持っていってみようと紙を手にして棲み処を出た。

ぐるりと周囲を見回すと、湖畔に竜の姿で寝そべるセバスティアンとその傍に腰を下ろしているユリウスを見つけた。こちらに気づいた弟が、さっと立ち上がって駆け寄ってくる。

「どうだった？」

「もしかしたら、これかも。全部揃っていないのよ。勘違いかもしれないけれども、これ以外にわからないから、持っていってみようと思うの」

「そうだね。気になるのなら、持っていった方がいいよ。じゃあ、すぐに帰ろう」

ユリウスがセバスティアンに呼びかけて、再び背中に乗せてもらう。

（や、やっぱり怖いには怖いけれども、多少は慣れたのかしら……）

少なくとも乗る乗らないの問答をしなくなったとは思う。怖くないわけではないが。

吹きすさぶ風から逃れるように、ユリウスの背中に額を押し付ける。ふいにセバスティアンがぐらりと横へ身を傾けた。驚く間もなく、さっと上に向けて何か細長い物が飛んでいくのが目の端に見える。

『うわあっ、えっ、矢!?　矢が飛んできたよ、ユリウス！』

慌てて叫んだセバスティアンの言葉を理解するより早く、再びその脇を矢が通りすぎていく。

ユリウスが舌打ちをした。

「矢ぐらいだったら、突き刺さりませんから、まっすぐに飛んでください！　エステルが落ちます!!」

『突き刺さらなくたって、怖いよ！』

情けない声を上げたセバスティアンは、再び飛んできた矢を避けようと体を傾けた。

必死でユリウスの腰にしがみつきながら、きつく目を閉じる。

(矢を放つなんて……、人間よね!?)

竜は武器を使わない。己が一番の武器だ。やはりエステルが気に入らない人間だろうか。そこまでの執念に背筋が凍る。

がくん、とセバスティアンが急降下する。その拍子に目の前のユリウスの背中に額を打ち付けて、頭がくらりとした。間の悪いことにすぐさまセバスティアンが急旋回をして矢を避ける。

ふっと力が抜けた手が外れた。

「エステル！」

大きく目を見開いたユリウスの手の先にもかからず、体が落下していく。あまりの恐怖に声も出なかった。

(嘘、ここで、死ぬの!?)

追いかけてくるセバスティアンが見えたが、おそらく間に合わない。それでも往生際悪く手を伸ばした時、その間に割り込むように赤い竜が飛んできたかと思うと、エステルの襟首をくわえた。

「――っ!!」

衝撃に、ぐっと息が詰まる。落下が止まったことに安堵する間もなく、エステルはふっと意識を手放した。

＊＊＊

疲弊しきったように息をして、ぐったりと竜の姿のまま塔の着地場に身を横たえるアルベルティーナを、ジークヴァルドは怒りを押し殺すように見据えた。

「矢を射かけられて、エステルを見失った、だと？」

『ごめん、なさい。あたしじゃない赤い竜に連れ去られたのは見たの。でも、すぐに地上に降りられちゃって……。そこから多分人間に連れていかれたと思うのよ。今、セバスティアン様たちが必死で探しているわ』

アルベルティーナを労わるように、すぐ傍に立っていたレオンが険しい顔でその首を軽く叩く。

エステルが行方不明だというのは、思った以上に胸に重くのしかかった。

(あれが絵を描く姿をもう見られないかもしれないのか？)

くるくるとよく変わる表情が脳裏に浮かぶ。

湧き起こってきたのは失うかもしれないという恐怖と焦燥感。つい先ほどの長のようになるのかと思うと、空虚な思いが広がる気がした。

いつの間にか思っていたよりも自分はエステルが傍にいることを許していたらしい。

ぐっと拳を握ると、ジークヴァルドの背後に控えていたクリストフェルが、心配そうな視線を向けてきたのがわかった。

「ジーク様……」

「――日が落ちるまでに戻る」

「それはなりません」

足を踏み出そうとすると、クリストフェルがさっと前に回り込んできた。

「正式に継いではおられなくとも、貴方様は長です。今、塔を離れることはなりません。エステルの捜索には配下の者を出します。ジーク様は――」

「――っそんなことはわかっている！」

思わず声を荒らげるのと同時に、足元から鋭い氷の棘が突き出した。とっさに飛びのいたクリストフェルが、驚愕の視線を向けてきたことに、はっとして額を押さえる。

「……悪い。少し気が立った」

静かに息を吐いて、気を落ち着けようとしたが、それでも苛立ちと焦りは引いてくれない。

同時に体を巡る力と鼓動が、やたらと速く強くなった気がした。

「エステルに俺の鱗を渡してある。竜騎士のようにどこにいてもわかることはないが、近づけばおおよその居場所くらいはわかる。探す範囲は狭められるだろう。セバスティアンに場所を指摘したら、すぐに戻ってくる」

そう提案すると、クリストフェルは険しい表情でしばらく考え込んでいたが、やがて盛大な溜息をついて、片眼鏡を押し上げて苦笑した。

「――わかりました。一度、お役目のために棲み処へと戻られたと皆には伝えましょう。実の返還は何よりも優先されなければなりませんから、納得はできるでしょう。まあ……、同じ番持ちとしては、ジーク様がエステルを失いたくないお気持ちもわかりますし」

「――助かる」

にこりと笑うクリストフェルに気まずい思いをしながら、ジークヴァルドはすぐさま竜の姿へと戻った。そこへ、へばっていたアルベルティーナがのそりと立ち上がった。

『セバスティアン様と別れた場所まで、先導するわ。レオン、疲れたから乗って』

アルベルティーナの指示に、レオンが身軽にその背に乗った。竜騎士がいると体が軽くなるそうだが、その感覚は自分にはわからないものだ。

(番とは別の感覚なのだろうが、いないと困るのだろうな)

レオンが背に乗った途端に、羽ばたきに力が戻ってきたアルベルティーナが空へと舞い上がる。

『クリス、後は任せた』

配下に一言残すと、地面を蹴って飛び上がる。あっという間に遠ざかっていくアルベルティーナを、ジークヴァルドは逸る気持ちのままに追いかけた。

＊＊＊

ばしゃりと大きな水音が耳元でしたかと思うと、全身が一気に冷えた。

何が起こっているのかわからずに、大きく目を見開いたエステルが見たものは、透明な水とそこに差し込む眩い光と泡、そうして胸倉を掴んで自分を沈めている何者かの腕だった。

水の中だ、と気づいたはずなのに声を上げようとして、思い切り水を飲み込んでしまう。ごぼりと空気が肺から抜け、あまりの苦しさに自分を掴んでいた腕に爪を立てると、その何者かによって水から引き上げられ、勢いよく転がされた。

(なに、何が起こっているの？　セバスティアン様から落ちて、アルベルティーナ様とは違う赤い竜が――)

大きく肩で息をしながら落下の恐怖を思い出し、ぞくりと背筋が凍りつく。自分の体重によって絞まったのだろう。鈍い痛みを訴える首に、生きていることを実感した。

「――洗っても臭いな。ここまでジークヴァルドの匂いが染みついているっていうと、他の奴(やつ)らが怯(おび)えて逃げるのもわかるねえ。これじゃ、すぐにあいつがここに来るな」

耳を打った嘲笑(ちょうしょう)に、はっとして身を起こし顔を上げると、黄金色の捻(ね)じれた角が濃紺の髪から生えた青年姿のルドヴィックが酷薄そうに金の竜眼を細めてそこにいた。その片腕が濡(ぬ)れているところを見ると、どうやらこの竜によって水に沈められたらしい。

（ルドヴィック様は長に謹慎を言い渡されてほとんど動けなかったはずよね？　どうしてこんなところにいるの!?）

気づけばここはジークヴァルドの棲み処の前に広がる湖の湖畔だ。湖の向こうにかすむようにジークヴァルドの棲み処が見え、予想通りとでも言っていいのか箱馬車が樹海の傍に駐(と)められていた。

ポケットにしまったジークヴァルドの鱗を服の上から押さえて、恐怖を怒りへと変える。

「――馬車を盗ませて、セバスティアン様に矢を射かけてきた人にも、わたしを捕まえた赤い竜にも、全部貴方が指示したんですか!?　あ、それにわたしの絵も盗ませましたよね？　返してください！」

「死にかけても、意外としぶとい娘だな。あの落書きなら、今頃立派な証拠(しょうこ)品になっているぞ」

ルドヴィックは傍に控えていた自分の竜騎士から布を受け取り、腕をぬぐいながら小馬鹿にした笑みを浮かべた。

「何の証拠品にしたんですか？」

なくなった物がないかと問われた時点で、何かの罪をなすりつけられるかもしれないと予想していたが、どれほどのものなのかと思うと怖い。

エステルが警戒の視線を向けると、ルドヴィックは楽しそうに足元に置いてあった白い袋をこちらに投げつけてきた。かしゃん、と硬い物がこすれるような音に、袋の口をおそるおそる開けてみたエステルは、現れた物にごくりと喉を鳴らした。

（これって……。まさか）

いくつもあるうちの一枚を慎重に取り出すと、日の光に反射して美しい青緑色に輝いた。

「竜の鱗……」

袋の中には何枚あるのかわからない、色とりどりの竜の鱗が詰まっていた。

【庭】に到着した日にクリストフェルに忠告されたことを思い出す。許可なく鱗を持っていれば、命の保証はできかねない、と。ひやりと背中を冷たい汗が流れていく。

「……鱗を盗んだ犯人の証拠品ですか？」

「おお、惜しいな。鱗を盗んで集めていたことを長に追及されて殺害した後、魅了の力を使って竜を操り逃げ出すも、逃げ切れずに自害、ってところだな。あの絵は長を殺した証拠品だ」

「長の、殺害!?」

聞き捨てならない言葉に動揺し、反応が遅れた。ルドヴィックの竜騎士に腕を乱暴に掴まれ、後ろ手に捕らえられてしまう。成人男性が間近にいる恐怖に、身の底から震えが走った。

「気になるのはそっちなのか？　自分のことはどうでもいいらしいねえ」

ルドヴィックの金の竜眼がずいと近づき、目の前に見覚えのある林檎（りんご）のような形をした真っ青な実を差し出された。ほんのりと燐光（りんこう）を帯びているのが見て取れて、目を見開く。

「――長命の実！　ジークヴァルド様の棲み処に勝手に入ったんですか」

食べれば触れる物全てを腐敗させる毒の実だ。

「勝手に、とは心外だ。あそこは本来、竜なら誰でも入れる場所だっていうのを知らねえのか？　あそこは弔い場なんだよ」

ルドヴィックがにやりと口元に笑みを浮かべる。とっさに意味を理解できずにエステルが目を瞬くと、背後の竜騎士がルドヴィックから長命の実を受け取りながらくすりと笑った。

「人で言うところの墓場だ。ジークヴァルドはさしずめ、墓守だろう」

「――墓守だからって、何だっていうの」

蔑（さげす）んだような言い方に、じわりと腹に怒りがこみ上げた。

「ジークヴァルド様はきちんと役目をこなしているだけよ。わたしには何の意味があるのかわからないけれども、やらなければならないことだってことくらいはわかるわ。見下すのはやめて」

竜騎士の顔は見えなかったが、拘束（こうそく）する力が一瞬だけ強まったかと思うと、目元を手で隠されて背中を地面に押し付けられた。起き上がろうとしても鳩尾（みぞおち）の辺りに膝でも乗せられたのか、重くて起き上がれない。竜騎士の低い憎悪の声が上から降ってきた。

「恨むのなら、ジークヴァルドの番だということを恨め。逆に、血も涙もない冷血竜の伴侶（はんりょ）にならないで済むことを感謝してほしいくらいだ」

「ジークヴァルド様は冷血竜なんかじゃ……うぐっ」

言い返そうとして、口に何か――おそらく長命の実を押し当てられた。無理やり食べさせようとしているのに抵抗して、きつく唇を引き結び、竜騎士の手を引きはがそうともがく。

「ジークヴァルドもまさか俺の父を凍らせたのと同じことを、番にしなければならないとは思わないだろうな」

聞こえてきた竜騎士の嘲笑と共に、ジークヴァルドが棲み処で語ったことを思い出す。

――土地の腐敗が進む前に、盗人（ぬすっと）ごと凍結して消してしまわないとならなかった。二度と実りがない土地になるよりはましだろう。

(俺の父、ってことは……。この方、シェルバの竜騎士候補の息子さん!?　どうして……)

長命の実を盗んだことで、あの国の人々は十年前から百年間、【庭】への出入りが禁止されているはずだ。

頭に浮かんだ疑問は、しかしすぐに息苦しさに追いやられる。鼻が押し潰されるほど強く実を押し付けられ、息がしにくくなった。苦しさから逃れようと何か武器になるようなものはないかと、ポケットに手を突っ込んだエステルは、指先に触れたいつも持ち歩いている木炭をぐっと握りしめ、力任せに振りかぶった。

「――……っ!?」

小さなうめき声と共に、唇に押し当てられていた物がなくなる。さっと開けた視界に、片目を押さえて体をわずかに丸める竜騎士の姿があった。その手の下からすっと赤い液体がにじみ出る。

「お前……」

瞼を切ったのか、片方だけの憎悪の目がこちらを睨みつける。真っ向からそれを受け止めたエステルはぐっと目に力を込めて、竜騎士の金色の瞳の奥まで凝視するようにまっすぐに見据えた。

――と、竜騎士の体がびくりと大きく震えた。こちらを睨み据えていた片目が、戸惑ったように揺れる。鳩尾の上に乗っていた竜騎士の膝から力が抜けたのに気づいてはっとした。

（もしかして、これって魅了にかかっているの？）

ジークヴァルドの策略で、子竜と共に渡り廊下で襲われた際に見た竜の様子に似ている。あの時も急に襲いかかるのをやめたのだ。

「どいて！」

他人を動かせてしまうのかわからなかったが、強く怒鳴って竜騎士の体を押すと、ぐらりと揺れて地面に尻餅(しりもち)をついた。その隙(すき)をついて素早く身を起こすと、なぜか一切口出ししてこないルドヴィックが気になりつつも、呆然(ぼうぜん)と座り込む竜騎士の目を再び見据える。

「ここから動かないで」

目を逸らさず、はっきりと言葉を紡ぐと、竜騎士はぎこちない動きで頷き、そこからまるで彫像のように瞬き一つしなくなった。

本当に言う通りになったことに驚いたのも束の間、ふいにルドヴィックが盛大な拍手を送ってきた。

「すごいじゃねえか。初めて目の前で魅了にかかった奴を見たぞ。へえ……、見事に人形のようだな。まさかここまでとはねえ。——おい、俺にもかかるかどうか試してみろよ」

どういうわけか、興味津々(きょうみしんしん)で迫ってくるルドヴィックを前にしたエステルは、じりじりと後ずさりしつつ顔を引きつらせた。その踵(かかと)が鱗の詰まった袋に触れて、かしゃりと音を立てる。

(本当にこの竜は、人間のことは何とも思っていないのね。自分の竜騎士なのに心配もしない)

役に立つか立たないか。そして使えなくなれば取り換える。本当にそれだけの認識なのだ。

まるで子供が新しい玩具(おもちゃ)を見つけたかのような表情を浮かべていたルドヴィックが、エステルの腕を掴もうとこちらに手を伸ばしかけ、鼻の頭に皺を寄せた。

「ったく、本当にジークヴァルドの匂いが染みついているな。お前、あいつの鱗でも持っているだろう。臭くてたまらねえ」

「――臭くて悪かったですね！」

しゃがみ込んで足元にあった鱗入りの袋を取り上げたエステルは、ルドヴィックの顔目がけて投げつけた。そのまま脇目（わきめ）も振らずに走り出し、湖沿いの樹海へと駆け込む。

（森の中なら、翼が邪魔して追いかけてこられないはず）

どちらへ行けばジークヴァルドの棲み処へ行けるのかわからない。しかしもう一度捕まったら、今度は長命の実などといったじわじわと命を奪うものではなく、その場で殺されるのは目に見えている。

（ジークヴァルド様に迷惑はかけられない）

殺されてしまったら、自分の疑惑を晴らす反論など一切できないのだから。そしてそれはそのままジークヴァルドの命にもかかわる。

エステルはジークヴァルドの鱗をポケットの上から押さえ、葉の間隙（かんげき）から見える歪（いびつ）な空を睨み上げると先を急ぐように足を動かした。

＊＊＊

背後から重い音を響かせて追いかけてくる何かから、エステルは森の中の道なき道を必死で逃げていた。後ろを振り返ったら終わりだ、という恐れに突き動かされるように足を動かす。

（竜や人以外に追いかけられるなんて、思わないわよ……っ）

足音や息遣いが人のそれではなく、竜はこんな地を駆けることはない。いくら魅了の力が使えそうだとはいえ、獰猛(どうもう)な獣が大人(おとな)しくその目を凝視させてくれるわけがない。

なぜかルドヴィックは追いかけてこなかったが、まさか別の危険と遭遇するとは思わなかった。

（【庭】に来てから、何回命の危機にさらされればいいのよ！）

茂みを通り抜けようとして足がもつれて転んだ。木の枝に引っかかったのか、頬がぴりっと痛む。すぐに起きようとしたが、背後から迫ってきていた獣に体当たりされ、背中を踏みつけられる。はっはっはっという獣くさい吐息に、おそるおそる振り返ったエステルは驚愕に目を見開いた。

（――狼(おおかみ)!?　えっ、竜だらけの場所なのに、狼っているの？）

全身が硬そうな黒っぽい毛で覆われた一匹の狼がそこにいた。よほど飢えているのか、狼の鋭い牙(きば)の間からはぼたぼたと絶え間なく唾液(だえき)がこぼれてくる。

（あっ、でも、生きている狼は初めて見たわ。領地の森には生息していなかったし、絵でしか見たことがなかったのよね。観察しなくちゃ、観察……って、そんな場合じゃないでしょ！）

　恐怖のあまり思考がおかしな方向に行っている。逃げなくては、と思うのに、目はどうしても狼の筋肉質な体やずらりと鋭い牙が並ぶ大きな口をくまなく観察してしまう。

　身動きできないエステルを仕留めるべく、狼が赤い口をがっと開けた。はっと我に返り、エステルは狼の目を先ほどルドヴィックの竜騎士にした時のようにきつく睨み据えた。

「――待て！　お座り！」

　とっさに口からこぼれた言葉に、狼の体がびくりと大きく震えた。そうしてそのまま足元をふらつかせたかと思うと尾をだらりと下げ、エステルの上からどくとまるで犬が主に従うかのようにその場にぺたりと伏せをしてしまった。

「……え」

　じっとこちらを見据えてくる狼の目にはすでに敵意はない。その全身から発せられていた殺気もどこに行ってしまったのかというように、綺麗さっぱり消えてしまっていた。

耳を倒し、ぱたぱたと尻尾まで振り出した狼に、呆然としつつ座ったまま距離を取る。

「どこかへ行って」

　エステルが震える声で命じると、狼はすっくと立ち上がり森の奥へと消えた。その姿に急激に血の気が引く。

（怖い……）

竜騎士にも、そして狼にもこれほどまでに魅了の力が効くとは思わなかった。自分の意のままに動いてしまう現実に、今更ながら空恐ろしくなってくる。

縋るように手を伸ばし、ポケットに入れたジークヴァルドの鱗を握りしめる。

ふいに周囲の木々が凍えるような風に大きく揺れ出した。

はっとして空を振り仰いだエステルの頬に、氷と雪交じりの突風がなぶるように吹き付けてきた。見上げた上空から矢のような勢いで降りてきたのは、吹雪をまとった銀の竜――ジークヴァルドだった。

周囲の木々をなぎ倒し、それでいてエステルに一切影響が来ないようにその場に着地したジークヴァルドは、すぐさま人の姿に変わると駆け寄ってきた。

「エステル！　怪我は――」

「来ないでください！」

顔色は悪かったが、安堵の表情を浮かべているジークヴァルドから、エステルは慌てて視線を逸らした。

（見たら駄目。魅了をかけてしまうかもしれない！）

ジークヴァルドはかからないと言っていたが、それでも確実ではないかもしれない。そう思うと、怖くてそちらを見られなかった。

一瞬だけ立ち止まったジークヴァルドが、しかしすぐに座り込んでいたエステルの前に膝をつく気配がした。

「ずいぶんと濡れているが……何があった？　こちらを見ろ」

「嫌です」

頑なに顔をそむけ、首を横に振る。その頬にジークヴァルドのひやりとした手がかかったかと思うと、そちらに顔を向けられてしまい、慌てて目を瞑る。

「目を開けて、俺を見ろ。もう怖いことは何もない」

「駄目です。見たら、ジークヴァルド様も魅了にかかってしまうかもしれません！　ルドヴィック様だって、すごい、見事だ、かけてみろ、って言うくらいですから……っ」

きつく目を閉じて、身を強張らせる。するとがちがちに硬まった体を、ジークヴァルドに抱きかかえられた。思わず逃げ出そうと身動きしようとすると、腕が回された背中を落ち着かせるように何度もさすられる。その暖かく包み込まれるような感覚に、徐々に肩から力が抜けていった。

「落ち着け、大丈夫だ。俺はかからないと言っただろう。ルドヴィックの言葉より、俺の言葉の方を聞け」

聞いたことがないほどの優しげな声と共に、ふいに瞼に柔らかなぬくもりを感じた。

「……っ」

何をされたのかわからず、驚いて目を開けると、間近にジークヴァルドの冴え冴えとした顔貌があった。藍色の竜眼と目が合った途端、その表情がほっとしたように緩む。こちらを見据えてくる目は一切逸らされることなく、エステルを見つめていた。

「ようやくこちらを見たな」

きつく目を閉じすぎて目尻に滲んだ涙を、ジークヴァルドの指がぬぐう。その仕草と、あまりにも近い距離に、かっと顔に熱が集まる。今度は別の意味で逃げ出したくなった。

「怪我をしているな」

そう言ったジークヴァルドが強く腕を引いた。かと思うと、狼に突き飛ばされて転んだ際に擦りむいた腕の傷に唇を寄せてくる。何をされているのかわからずにいたエステルは、生温かい吐息を感じた途端に背筋を震わせた。

「ひっ……、え、あのっ、ちょっと何をしているんですか！」

「傷の消毒だが。ああ、動くな。触れられるのが怖くて、痛くても少し我慢しろ」

「そうではなくて……っ！」

傷に吸い付くように唇を寄せられて、ぴりっとした小さな痛みが走ったかと思うとジークヴァルドはすぐに離れた。血らしきものを吐き出すと、今度は顎を掴まれる。膝をついていても見下ろしてくる瞳は真摯で、そこにやましい色など一切浮かんでいない。

「――っま、待ってくだ」

ジークヴァルドの手を掴んで引きはがそうとしていたエステルだったが、言葉を皆まで言うよりも先に、頬に負った傷にジークヴァルドの唇が寄せられた。思わず逃げ出そうすると、逆に腰を引き寄せられてしまう。

（消毒って、竜の常識ではそうなの!?）

頭の中で、ぐるぐると竜の常識とは何かという疑問と羞恥が回る。

腕と同じように頬の傷から血を吸い出されると、顔を離したジークヴァルドの視線が膝に負った怪我に向き、足首を掴まれた。ぎょっとして、ジークヴァルドの肩を強く押す。

「そこは大丈夫です！　やめてください。人は普通他人の傷口を舐めたりなんてしませんから！」

「――そうなのか？」

身をかがめかけていたジークヴァルドが、不可解そうに体を起こして手を放す。すかさず距離を取ったエステルは、真っ赤な顔でジークヴァルドを睨みつけた。

「ま、前に怪我を見つけられた時には、竜騎士になれば怪我が早く治る、とか言って鱗を渡してきましたよね？　どうして今日は消毒なんてことをするんですか！」

「そういえば、そうだったな」

エステルの訴えに、ジークヴァルドが今気づいたとでも言うようにぱちりと目を瞬く。そのことに無性に腹が立ったのは、自分ばかりが動揺させられたせいだろうか。

「そうだったな、じゃないですよ。それに――」

「だが、今日はお前が怪我をしているのを目にしたら、ああせずにはいられなかった。お前が血を流している姿は見たくはない」

いつもの眉間の皺に加えて、かすかに沈鬱な表情を浮かべるジークヴァルドに、エステルはそれ以上怒れなくなってしまった。

（言い方！　その言い方だと、番を心配しているんじゃなくて、『わたし』を心配しているように聞こえるんだけれども……）

ジークヴァルドが他の竜に任せずに探しに来てくれたことは素直に嬉しい。だが、それが『番』を失うわけにはいかないからだと思うと、複雑だ。

先ほどジークヴァルドの唇が触れた頬の傷が、妙に熱を持っている気がするのが、どうにもいたたまれなくなる。傷を押さえて、少しだけ視線を逸らした。

「ご、ご心配、ありがとうございます。――それより、わたしを連れ去った首謀者ですけれども……」

気まずい思いを振り払うように、強引に話を変えると、ジークヴァルドは目を眇めた。

「ルドヴィックとその竜騎士だろう。ルドヴィックはいなかったが、湖畔で呆けていた竜騎士と馬車を確保した。クリストフェルに調べさせたが、あの竜騎士の元の出身国は俺が凍結させた国――シェルバらしいな」

「はい。あの国の方々は【庭】に入るのを禁止されているはずですよね。それなのに、どうして……」

「どうも国を追い出されルンドマルクに移住していたようだ。シェルバの元竜騎士候補だった父親を俺が凍らせたことを逆恨みして、あいつは俺の番のお前を長の殺害犯に仕立て上げた。その証拠だ」

点々と赤く血が散った紙を渡されて、エスエルは息を詰めた。竜の翼が描かれたそれは、確かに自分のスケッチブックの切れ端だ。

「長は、本当に亡くなられたんですか……?」

「ああ、塔は大騒ぎだ。互いに詳しい話は後だ。とりあえず塔に戻るぞ。ユリウスたちにもお前が見つかったことを知らせなければな。まだ探しているだろう」

「……ジークヴァルド様」

ためらいがちに名を呼ぶと、踵を返したジークヴァルドが肩越しに振り返った。その顔色は駆けつけてくれた時にも思ったが相変わらずよくない。

「なんだ」

「あの、大丈夫、ですか?」

「何がだ」

「長は……、ジークヴァルド様の親代わりみたいなものなんですよね? その方が……」

その先を言いあぐねて、哀惜の想いを抱えながらジークヴァルドを見据えると、彼は少しだけ視線を落とした。わずかな沈黙の後、ジークヴァルドはエステルを見て柔らかく目を細めた。

「全てが片付いたら、お前の描いた長の絵を見せてくれ」

「――っはい！　もちろんです」

ルドヴィックの竜騎士はジークヴァルドを血も涙もない冷血竜と言ったが、そんなことはない。ちゃんと悼む心を持っている。それ以上に自分のやらなければいけないことをしっかりとわかっているからこそ、一見して情がないように見えるのだろう。

エステルが力強く頷いて満面の笑みを浮かべると、ジークヴァルドは少しだけ口端を上げた。ふと上げられたジークヴァルドの手が、何かためらうかのように握りしめられ、やがてエステルの髪の一房をさらりと梳いた。そうしてすぐにこちらに背を向けてしまう。

一連の行動に大きく目を見開いたまま思考が停止していたエステルは、ジークヴァルドが向こうを向いてしまうと、はっと我に返ってジークヴァルドが触れた髪を握って赤面した。

（な、何、今の……。消毒、なわけないわよね。あっ、葉っぱとかついていたのよ。そうよ！）

なぜかうるさい心臓を落ち着かせようと、無理やり理由を引っ張り出しながら意味もなく渡された紙片を眺め、ふと違和感を覚えた。何が引っかかっているのかわからず、ジークヴァルドの棲み処から持ってきたスケッチブックの残りをポケットから引っ張り出して地面に並べる。

竜の姿に戻ろうとしていたジークヴァルドが、エステルの行動に不審そうに振り返った。

「どうした？」

「これ……、足りません！　ここにもう一枚あるはずなんです」

明らかに端が少し切れている。これはもしかすると、まだルドヴィックの手にあるのかもしれない。そこではっと思い出した。

「あっ！　そういえば馬車の近くに沢山鱗が入った袋が落ちていませんでしたか？　わたしを鱗泥棒にもするつもりだったようなんです。ルドヴィック様に投げつけて逃げてきてしまったので」

ジークヴァルドが驚いたように片眉を上げた。

「お前……よく殺されなかったな。――お前の言う袋はなかったが、鱗の件なら気にしなくていい」

「どういうことですか？」

「塔に戻ればわかる。ああ、その前に濡れた服を着替えた方がいいな。一旦棲み処へ行くぞ」

珍しくにやりと笑い、すぐさま竜の姿に戻ったジークヴァルドが、エステルが乗りやすいように少し体を傾けてくれた。些細な気遣いに嬉しくなったが、それでも緊張と疑問を抱えつつ、エステルはその背によじ登った。

＊＊＊

暮れゆく夕日を背に、塔の堂々とした三つの尖塔（せんとう）が見える。その周辺をやけに多くの竜が飛び交っていることに気づいて、伏せるようにジークヴァルドの背にしがみついていたエステルは、不穏な気配に鱗についていていた手に力を込めた。

『ルドヴィックが虚言を吐いたな』

ジークヴァルドが忌々しそうに小さく呟（つぶや）いたかと思うと、ゆっくりと旋回し着地場に降りた。背後から追ってきていたアルベルティーナもゆるりと降りて翼をたたみ、ルドヴィックの竜騎士を入れた箱馬車を運んでいたセバスティアンが、ごとんと地面にそれを下ろした。

ジークヴァルドの背中から降りたエステルは、物音一つしない箱馬車を気がかりそうに見やった。確保された竜騎士は、その時もまだエステルの魅了にかかったまま呆けていたのだ。

「魅了の力が効いたことがまだ怖いか？」

人の姿になったジークヴァルドがエステルの表情に気づいたのか、気遣うように眉を顰めた。

「――はい、少しだけ。まだ魅了の力の効果が切れていないようですから」

「命を失うところだったからな。強くかかっているのは当然だ。それに大人しくしてくれているのはうるさくなくて都合がいい」

　皮肉気に笑ったジークヴァルドがちらりと上空を見上げる。騒がしく飛び交う竜たちは、何を言い合っているのか聞き取れないが、それでも嘆きと怒りに満ちていることだけはわかった。一匹の怒りだけでも恐ろしいのに、あれほどの数の怒りはどれほどのものだろう。

「わたしは長を殺したと疑われているんですよね」

「一応、クリスに広げるなと指示は出したが、おそらくルドヴィックの息がかかった者が意図的に広げているだろう」

　ジークヴァルドが苦い顔で空の騒ぎを睨みつけていると、ふいに塔の中から真剣な面持ちのクリストフェルが走り出てきた。

「ジーク様！　ルドヴィック様に扇動されて、一部の者たちがエステルを引っ張り出せと騒ぎ始めました。それに反論した者たちと諍いになりそうです」

　エステルは唇をきつく噛みしめた。騒いでいるのは、おそらく元から人の番を認められなかった竜たちだろう。

　着地場にジークヴァルドたちが降りたことに気づいた竜たちが、徐々にこちらに集まってくる。

　セバスティアンから降りたユリウスが、険しい表情でエステルの腕を引いた。

「エステル、塔の方へ少し下がろう」

アルベルティーナが竜の姿のまま、怒ったようにばしんと尾を地に打ち付ける。

『ルドヴィック様に言いくるめられているって、気づかないの!?　竜騎士ならともかく、エステルはまだ番の誓いも立てていない、普通の人間よ？　いくら長が弱っていても、殺せるわけがないじゃない！』

「落ち着け、アルベルティーナ。挑発してどうする」

傍らに立っていた叔父が、怒鳴るのと同時に周りに炎の帯を出現させたアルベルティーナの首を宥めるように叩く。

『えっ、でもちょっとくらい焼かれてもいいんじゃないかなあ……。エステルが気に入らないってことはジークにたてつくことだし。新しい長に従えないのなら、仕方がないよ。追い払ってこようか？』

セバスティアンが何がおかしいのだろう、とでも言うようにきょとんと長い首を傾げた。

「いや、やめろ。ルドヴィックが来る」

ジークヴァルドが空を睨み上げたまま、セバスティアンを制するのとほとんど同時に一匹の竜が落ちるような勢いで着地した。

『ジークヴァルド！　お前の番が長を殺したそうじゃねえか』

わずかに雷を纏い乱入してきたのは、青金斑の竜――ルドヴィックだった。皮を脱ぎ捨てるように人の姿へと変わるなり、金の竜眼がエステルをどこか嗜虐的な目で見据えてくる。向けられてくる強い視線に圧されて、エステルは思わず一歩下がった。

「殺したと決めつけて、間違った話を吹聴するな」

エステルをルドヴィックの視線から隠すようにジークヴァルドが間に立ち、さらにアルベルティーナがユリウスの反対側に寄り添ってくれた。クリストフェルがジークヴァルドにちらりと視線を向けられて、小さく頷きその場を離れてどこかへ行く。それを不思議に思う余裕もなく、エステルはルドヴィックを注視した。

「はっ、いくらお前がかばったとしても、証拠があるぞ」

片頬を歪めて笑ったルドヴィックが、一枚のしわくちゃになった紙を取り出して軽く振った。わずかに血に染まったそれを、エステルは悔しげに睨みつけた。

（わたしの絵……！）

少しだけ黄色みがかった紙は確かに自分のものだ。ここからではっきりと見えないが、うっすらと黒い線が見える。おそらく竜の翼の一部だろう。やはり残りをルドヴィックが持っていたのだ。

ジークヴァルドが剣呑な様子で息を吐く。

「それがエステルの物だとしても、エステルが長を殺害した決定的な証拠とは言えないだろう。長を殺害した者がエステルの絵を盗んで現場に残せば、簡単に濡れ衣を着せてしまえる」

「それはお前がそう思いたいだけじゃねえのか？　色惚けたお前の妄想だよ。実際にその娘は、長の亡骸が見つかった時には塔にいなかったと聞いたぞ。お前の目を盗み、逃げ出したんだよ」

「ある竜の竜騎士が部屋の周りをうろついていたらしいからな。荷物がなくなっていないか確認をしに、棲み処に戻っただけだ。リンダールの馬車も一台、なくなっていたそうだからな。そもそも本当に殺害していたのなら、今ここに戻ってくるわけがないだろう」

互いに一歩も譲らず、睨みあう。空を舞う竜たちの間からは、ジークヴァルドとルドヴィックそれぞれの意見に従う竜たちが、声を上げていた。

『ジークヴァルド様は人に与せよと仰るのか！』

『番が人間だっただけのことに、それほどまでに腹を立てるのは、愚かだ』

『長を殺した娘を殺せ！　殺せないような者を長とは認めない』

『か弱き人の娘が長を殺せるほど、力があるわけがない。目を覚ませ！』

さまざまな声が頭上から降ってくるのを耳にしつつ、エステルは緊張したままルドヴィックと対峙するジークヴァルドの背中を見つめた。

「それはそうとルドヴィック、お前の竜騎士だが、捕まえたぞ。俺の番を殺そうとしたからな。その場で殺さなかっただけ、感謝してほしいものだ。いきなり契約を断ち切られるのは、きついらしいからな」

ルドヴィックがさっと箱馬車の方に視線を走らせ、ジークヴァルドを鋭く睨み据える。

「それはそれは……お優しいことで。しかしなんでまた俺の竜騎士はお前の番を殺そうとしたんだかねえ。さすがにお前の怒りを買うのはわかっているだろうに」

いかにも不思議だ、と言うようにルドヴィックが首をひねる。その仕草はどこか嘘くさい。当然だ、これは茶番なのだから。

「お前の竜騎士の話を聞かせろ、とでも言うのか？」

「何か不都合でもあるのかよ。殺していないと言っておきながら、喋れないほど痛めつけたか、――その娘の魅了の力で喋れなくなっているか」

にやりと笑ったルドヴィックが、エステルを睥睨してくる。

（ここまでも想定の内、ってこと？　確かにそうじゃないと、竜騎士を置いていくことなんかしないわよね）

焦りに顔が強張った。腕を支えているユリウスの力が強くなる。アルベルティーナがぐるぐると怒りに喉を鳴らしているのが聞こえてきた。

今、ルドヴィックの竜騎士が話をできる状態かどうかわからないが、話せたとしても本当のことを言うわけがない。証拠の品がエステルの絵と鱗の二つも揃っている分、もしかしたらエステルにとって悪い方へ進むかもしれないのだ。

「――いいだろう。セバスティアン、馬車の扉を開けたら竜騎士を押さえろ」

こちらを振り返り、あっさりと頷いたジークヴァルドを、エステルは驚いたようにまじまじと見つめてしまった。その傍で、セバスティアンが不満げな声を上げる。

『えぇ……、僕？　潰しちゃうかもしれないよ』

「アルベルティーナにやらせると、潰すくらいでは済まない」

『そうねえ。消し炭にしちゃうかも』

うふふ、と楽しそうに笑ったアルベルティーナに、セバスティアンが肩を落とした。何かやらかしそうで嫌だなあ、とぶつぶつと文句を言いつつユリウスと共に馬車に寄る。

「ジークヴァルド様、竜騎士を出してしまっていいんですか？」

不安に駆られたエステルがそっと話しかけると、ジークヴァルドは肩越しに振り返ってわずかに口端を持ち上げた。

「ああ、かまわない」

こう言うということは、何か考えがあるのだろう。少しだけ安堵して胸を撫で下ろす。

馬車の扉が開くと、中に押し込められていたルドヴィックの竜騎士は、自分から静かに出てきた。驚いたことに、その手に持っているのはあの場にはすでになかったはずの鱗入りの袋だ。

(もしかして、ルドヴィック様が馬車の中に隠したの？)

そうとしか考えられない。しかしながらジークヴァルドがかけらも動揺していないので、エステルもまた驚きを隠すように唇を引き結ぶ。

馬車の戸口で待ち構えていたセバスティアンが、竜の姿のままひょいと爪の先に竜騎士を引っかけて、そのまま地面に押し付けるように踏んだ。

「――っ酷い扱いですね。その番の娘は長の殺害を疑われていても、捕らえられていないというのに。これを見ても野放しにしておけますか？」

憎々しげにジークヴァルドを睨み据えていた竜騎士が、手にしていた布袋の中身を伏せたまばら撒いた。夕日に反射して輝く色とりどりの十数枚もの鱗が地面に広がる。空を舞う竜たちのざわめきが大きくなった。その中には散らばった鱗と同じ色の鱗を持つ竜の姿も見える。

竜騎士の顔が作ったような悲壮感に歪んだ。

「その娘が鱗を持って長の部屋から出てきたところを奪った。その娘は鱗を盗んだことが長にばれたために、殺したんだ！　だから俺は――」

「その鱗はお前がルドヴィック様に言われて集めさせたんじゃないの！」

唐突に竜騎士の口上を澄んだ声が遮った。エステルが慌てて声の主を振り返ると、塔の出入り口を背に、険しい表情をした一人の青緑色の髪の竜の少女が立っていた。その傍らには、クリストフェルが付き添うように立っている。

「ジークヴァルド様の番が人間の娘だということが気に入らないのなら、ルドヴィック様が排除する。そのための協力をするのなら、証として鱗を差し出せって言ったから、私は渡したのよ。長を殺すなんて話は一言も聞いていないし、鱗をその原因にするなんて、ふざけないで！」

竜の少女は力いっぱい叫ぶと、わっと泣き出した。

上空の竜たちがざわりとどよめいた。明らかに動揺が広がっている。

（ああ、この証言があったからジークヴァルド様は気にするな、って言ったのね）

エステルは安堵の息をついたが、それがたとえルドヴィックの指示だとしても竜をも平気で騙す竜騎士が怖くなる。

セバスティアンに踏みつけられた竜騎士が、悔しげに唇を引き結んだ。

「……でたらめを」

ジークヴァルドが重い息を吐く。

「でたらめなどではない。同じ話をいくつか聞いた。それにエステルには、長が殺された際、塔にいなかったという証言がある。クリス」

竜騎士と同様、エステルもまたジークヴァルドの言い分に、大きく目を見開いた。

ジークヴァルドの呼びかけに、クリストフェルが塔を振り返って小さく頷くと、塔の出入り口からミモザ色の髪の竜の夫人が出てきた。その脇から二匹の子竜が走り出てきたかと思うと、エステルの両脇にすり寄ってくる。

『エステルに遊んでって言ったけど、用事があるって言われちゃったの』

『エステルがお出かけしちゃったから、長とお話しに行ったんだ』

無邪気に喋る子竜たちに、エステルは塔から出る際に子竜にまとわりつかれたことを思い出した。

（あの時、ミモザ色の竜が子竜たちを宥めてくれて……）

瞠目するエステルに竜の夫人はにこりと笑いかけてくれたが、魅了の力を恐れてかすぐにわずかに視線を逸らされた。

「エステルが出かけた後、この子たちを連れて長へお食事を届けに行きました。長はこの子たちとしばらくお話をされていましたので、エステルが長を殺せるわけがありません」

落ち着いて断言する竜の夫人の話に、エステルは感謝と安堵の笑みを浮かべて頭を下げた。

「証言していただいて、ありがとうございます」

静かに竜の夫人の話を聞いていたジークヴァルドがルドヴィックと竜騎士、それぞれを睨み据えた。

「――長の傷は確かに刃物(はもの)でつけられたものだった。我ら竜は武器に頼ることなどしない。明らかに人間の仕業だ。そしてエステルは殺害をしていない。それでもルドヴィックが証拠品を持っているとしたら、謹慎中のルドヴィックに近づけたのは――竜騎士であるお前だけだ」

着地場周辺にいる皆の視線が、一斉にルドヴィックの竜騎士へと集まる。竜騎士が怒りのためか、みるみると顔色を赤黒く染めた。

「俺が長を殺害したとでも？　人間の仕業なら、今ここには沢山の人間がいる」

「竜騎士でもない人間が竜の首をかき切れるほどの力を持っているはずがない。それに彼らが長を殺して何の意味がある。自分ばかりか国そのものに全ての竜の怒りが及ぶ。そんなことは、お前が一番よく知っているはずだ」

ルドヴィックの竜騎士が踏みつけられたまま、ジークヴァルドに憎悪の視線を向けた。

「鱗のことさえ黙っていれば、望み通りにジークヴァルドの番を排除できたものを……。――本当に竜は気まぐれで、力の強い者には逆らわないな。人のことなど便利な道具ぐらいにしか思っていない。俺の父のようにたった一つの実を盗んだだけで、殺してしまえるほど矮小な存在だとしかな。慈悲と慈愛の生き物だと口にする奴らの気が知れない」

「俺を恨むのはかまわないが、あの男は、俺が凍結させなければ苦しみぬいて死んだぞ。お前を、シェルバの土地を巻き込み腐敗させて」

「――それが竜の慈悲だとでも言うのか！」

ルドヴィックの竜騎士は感情を爆発させたかのように、怒鳴りつけた。

「たとえ他人にとっては、竜騎士になれなかった腹いせに、国を滅ぼしかけた大罪人だったとしても、俺にとっては優しく誇らしい父だった。その父を殺したお前を、許せるものか……っ」

竜騎士の指が土をえぐるほど強く地を握りしめる。恨みに凝り固まった黄金色の瞳から、興奮のためなのかそれとも悲哀のものなのか、涙が流れて顎を伝った。

上空から竜騎士を非難する声があちらこちらから聞こえてくる。つい先ほどまではエステルを非難するものが混じっていたが、そんな声はどこからも上がってはいない。

「……ああ、ああ、もう下手な小細工はやめた！　番を失った痛手を与えるより、俺は――ジークヴァルド、お前さえ殺せればそれでいいんだ！」

竜騎士がそう叫んだかと思うと鱗が入っていた袋を手繰り寄せ、そこから取り出した真っ青な実に勢いよくかじりついた。

次の瞬間、竜騎士から沼色の霧が広がった。

『うわぁっ、だから嫌だったのに！』

竜騎士を踏みつけていたセバスティアンが慌てて足をどける。

みるみると着地場に広がっていく霧からかばうように、ジークヴァルドがエステルのすぐ前に立った。

「何が起こっているんですか⁉」

「あまり近づくな。長命の実の毒だ。いや、毒と言うより呪いと言った方がいいか。すぐには死なないのを利用して、こういう使い方をしてくるとはな……」

竜騎士の姿は目を凝らしても霧に包まれて見えない。ただ、この霧がジークヴァルドが以前言っていた通り、あまりよくないものということだけはわかる。おそらく竜騎士は無事ではいられないだろう。

忌々しそうに呟いたジークヴァルドがはっとしたかと思うと、あっという間に銀の竜の姿へていた。

と戻った。その次の瞬間、沼色の霧を割って青金斑の竜がジークヴァルド目がけて喰らいつい

「危ない！」

エステルが声を上げるのとほぼ同時に、ジークヴァルドがさっとそれを避けて舞い上がる。がちん、とルドヴィックの歯が何も噛むことなく硬質な音を立てた。

『ふん、さすがにふいをつかれても、無理か。あいつは父親ともども無駄死にだったな。捨てる手間が省けただけか』

まるでごみでも捨てるかのようにルドヴィックが吐き捨てた。

（父親共々って……。もしかしてあの竜騎士のお父様もルドヴィック様にそそのかされた？）

エステルが愕然としていると、ジークヴァルドが怒りにぐるぐると喉を鳴らした。

『――そうやって一体何人の竜騎士を使い捨てにしてきた？　いい加減にしろ』

『竜騎士を持ったことがないお前にだけは言われたくねえな。壊れるんだから、仕方がねえだろう。今回はそこそこもった方だ。何せお前への恨みで長まで殺してくれやがったからな』

鋭く諭すジークヴァルドに向けて、ルドヴィックが歯を剥き出しにして嗤う。

『まあ、それもお前の番あってこそだがなあ。たった一人のちっぽけな人間の娘の存在が【庭】をここまで引っかき回したんだ。退屈で退屈で仕方がなかった平和ボケした【庭】がこんなに面白くなるとは思わなかったねえ』

『何が面白い。面倒ごとばかり起こったのは、エステルのせいだけではないだろう。お前が皆をあおり、焚きつけたのだろう。ずっと傍観者のふりをして。——そんなに俺がお前の上に立つのは不満か』

ジークヴァルドの周りに白い冷気が渦巻き始める。息さえも凍りそうなそれに、エステルはジークヴァルドの深い怒りを感じ取って、身を震わせた。

ほとんど同じ力の竜が並び立つ時というのは、こういう事態を招くものなのだろうか。

『そりゃ不満さ。人間なんかに配慮しなけりゃ、力の制御なんか一切必要ないからな。共存なんか馬鹿馬鹿しい。俺たちを【庭】という巨大な籠に閉じ込めないと安心できないでいて、何が共存だ。それだっていうのに』

ふわりと浮き上がったルドヴィックの周囲で、細かな雷のような光が明滅した。

『——お前に頭を押さえつけられるのは、なおさら面白くねえんだよ』

低い咆哮と共にジークヴァルドの翼へと噛みつく。

「ジークヴァルド様！」

ぐらりとバランスを崩したジークヴァルドに、エステルは悲鳴を上げた。その肩をぐっとユリウスに掴まれる。その後ろには、儚げな青年姿のセバスティアンが真っ青になって恐々と二匹の争いを見上げていた。

「危ないから、近づかない方がいい。大丈夫、ジークヴァルド様は強いから」

「そうですよ、エステル。心配をする必要はないかと。――ええ、大丈夫です」

ユリウスの反対側からやってきたクリストフェルが、片眼鏡を押し上げてにっこりと笑みを浮かべる。しかしながらその笑みがいつもよりも硬い気がして、怪訝に思い口を開きかける。

――と、その時、突然周囲を照らす閃光が瞬く。続いて耳を塞ぎたくなるような雷鳴が轟いた。びりびりと窓を震わせ、塔がわずかながら揺れた気がした。竜たちが大きくどよめく。飛び交っていた竜たちはいつの間にかほとんどが地に降りていた。

「本当に大丈夫なの!?」

ユリウスに塔の中へと引っ張り込まれたが、それでも目はジークヴァルドの姿を探してあちこちさまよう。

重く雲が垂れ込めた暗い空の下、悠然と飛ぶジークヴァルドの姿を見つけてほっとしたのも束の間、再びルドヴィックが操っているらしい雷がジークヴァルドを襲い、息を飲んだ。しかしジークヴァルドはひらりとそれを躱し、咆哮と共に吹雪を引き起こす。

上位の竜たちの争いに巻き込まれた庭園の木々が空をくるくると舞っている。時折地面に枝が突き刺さり、まるで投石のようにめくれ上がった石畳が落ちてくる。とてもではないがユリウスの言ったように、近づけない。

再び閃光が走る。思わず身を揺らして目を閉じてしまったエステルの耳に鼓膜が破れるのではないかと思うほどの激しい雷鳴が轟いた。

次に目を開けたエステルは、少しばかりふらついて飛ぶジークヴァルドの姿を見て、口元を覆った。その翼の一部がわずかに焼け焦げている。

「……――っ」

思わず外へと飛び出しかけたエステルは、ぐっと体に力を入れて踏み留まった。その腕と腰をそれぞれ叔父とアルベルティーナに掴まれて宥められる。

「よく我慢したな。お前が行ったってどうしようもないのがよくわかっているな」

「そうよ、あたしたち竜だってああなっちゃったら何にもできないんだから。この前のセバスティアン様との諍いとは違って命懸けだしね。でも大丈夫、ルドヴィック様の竜騎士がいないんだもの。そろそろ終わるわ」

アルベルティーナが落ち着かせるように微笑んでくれたが、それでも焦りと心配は募る。エステルは何もできない歯がゆさに唇を噛みしめて空を振り仰いだ。

＊＊＊

（そろそろ力も尽きてくるか……）

　ジークヴァルドは争いを始めたばかりの頃よりも飛ぶ高度を下げたルドヴィックを上から見下ろし、深く息を吐いた。力も体力も奪われたのはこちらも同じだが、それでもルドヴィックよりは余力はある。

　激しく降る雨を縫ってこちらを狙うかのように落ちてくる雷を避けつつ、氷の槍交じりの吹雪を起こすと、何本かがルドヴィックの翼を貫いた。

（まだ油断するな）

　竜騎士がいないため、制御が利かない分、どこから攻撃が来るのか読みにくいのだ。

　それに先ほどからどうも力が操りにくくて仕方がない。おそらくは極限まで体力を使いすぎたせいだろう。

（もしくは、番を得られない弊害が出たか？　ともかく、次で終わらせないとこちらがまずい）

　先が焦げた翼を細く折りたたんだジークヴァルドは、そのままルドヴィック目がけて急降下した。

　激しくぶつかる衝撃と、首元に噛みついてきたルドヴィックの反撃に、互いにぐらりと均衡を崩して、そのまま地面へと落下する。

　叩きつけられる間際、ジークヴァルドは気力を振り絞って噛みつくルドヴィックを振り払い、飛び上がった。噛まれた傷から血が溢れ、ずきりと痛んだがそれをこらえてさらなる上空へと舞い上がる。

『────っ!!』

すでに見る影もなく荒れた庭園に、ルドヴィックが滑り込むように墜落する。叩きつけられた衝撃で動けないのか、ルドヴィックはしばらく地に伏していたが、しばらく経ってのそりと首をもたげた。

『ふざけるな、ふざけるな、ふざけるな!!』

ぼとぼとと血を流しながら、もがくように飛び上がろうとしたがそれでも体は浮き上がらない。

『もうよせ、ルドヴィック。それ以上は死ぬぞ』

『うるせえ!』

もがき苦しむルドヴィックを上空から眺めていたジークヴァルドは、怒鳴り声と共に落ちてきた小さな雷を避けようとして、疲労のあまり反応が遅れた。

『………くっ』

わずかにかすった雷が、尾の一部を焼く。再び感じた雷の気配にとっさにルドヴィック目がけて氷の矢を放とうとして──酷く大きく心臓が跳ねた。

(なんだ……っ、これは──)

身の内の血という血が沸騰(ふっとう)したかのように熱い。体の中から火で焼かれるような感覚に、ジークヴァルドは身をよじった。次の瞬間、自分を中心にまるで爆発するかのような勢いで、塔の敷地全てを覆うかのような吹雪が広がった。

＊＊＊

突如広がった猛吹雪に、塔の出入口ではらはらしながら見守っていたエステルは、強い風で中に押し戻されるようによろめいた。

「何ですか！　これ！」

ジークヴァルドが最後の反撃をしたルドヴィックを迎え撃とうとした途端、吹雪が広がったのだ。明らかに今までの様子とは違う。

「わっかんない！　でも、これ、もしかしたら……力が暴走しちゃったのかも！」

顔を腕でかばうように外の暴風を睨みつけていたアルベルティーナが、風の音に負けないような大声で答えてくれたが、エステルは思わぬ推測に目を見張った。

「力が制御できなくなったってことですか⁉」

真っ白い渦の中にいるはずのジークヴァルドの様子が見えない分、余計に不安になってくる。

「暴走したらどうすればいいんですか？　なにか手立てが――」

「――簡単ですよ。竜騎士を立てればいいんです」

ふいに後ろから聞こえてきた声に振り返ったエステルは、強く吹き付けてきた風に数歩よろめいて、声の主――クリストフェルに支えられた。そのまま、風が当たらない廊下の方へと導かれる。

「ありがとうございます。あの、でもあの状態で竜騎士を立てることは、そんなに簡単にはできないのでは……」

「協力すればなんとかできますよ。ただ――一番、頑張っていただきたいのは貴女ですが」

「わたし、ですか？」

ぱちぱちと目を瞬いて、珍しく笑顔ではなく真顔のクリストフェルを見返していたが、はっと唐突に理解した。ずっとポケットの中にしまっていたジークヴァルドの鱗の存在を思い出す。

「わたしに竜騎士になってほしいとでも言うんですか？」

「はい、お願いできませんか？　あのままですと、命が尽きるまで暴走しかねません。それに今、塔の敷地内にいる間にどうにかしたい。万が一、【庭】の外に出てしまったらそれこそかなりの被害が出ます。――番の貴女なら、ジーク様も受け入れやすい」

真剣み帯びた声で訴えてくるクリストフェルに、エステルはごくりと喉を鳴らした。

「ジークヴァルド様が命を失うかもしれないんですか？」

命が尽きる、という言葉に心臓が跳ねた。嫌な汗が滲み、鼓動が徐々に速くなる。

「ええ、番がおられませんからうまく力が巡らずに、もしかすると……。ああ、でも竜騎士がいればどうにか力の暴走は抑えられます」

クリストフェルの説明を聞きながら、エステルは蒼白になった。

(番を得られないことで、ジークヴァルド様がいなくなる……。わたしは今まで真剣にそのことを考えていた？　嫌です、って突っぱねたことを、どんな思いでジークヴァルド様は……)

番がいないことで、自分が頷かなかったことで、ジークヴァルドはもしかすると命を失うかもしれないのだ。あの様子を見て、そのことを今初めて本当の意味で実感した気がする。

足元がぐらつき、酷い罪悪感がこみ上げてくる。

ふっと脳裏に浮かんだのは、ジークヴァルドが湖畔の森で取り乱したエステルを落ち着かせるために抱きしめてくれたことだ。あのぬくもりや、優しく背中を叩いてくれる手、魅了の力を怖がることなくまっすぐにこちらを見てくれた竜眼がまざまざと思い出される。

それもまた失ってしまうというのだろうか。

(――ああ、それは嫌)

すとん、と素直にそう思った。

腹を決めれば、もう迷いはなかった。クリストフェルを睨みつけるような勢いで見上げる。

「わかりました。――なります。竜騎士になってみせます」

乗せられたのか、それとも何も裏などないのかよくわからなかったが、それでもジークヴァルドを助けるためなら、やらせてほしい。

エステルの覚悟にクリストフェルがにっこりと笑う。

「そう言ってくださると思いました。それでは――」

「ちょっと待ってください。こそこそとエステルに何をやらせようとしているんですか？」

エステルがクリストフェルについて歩き出そうとすると、後ろから声がかかった。外の騒ぎに注目していたはずのユリウスが、まるでジークヴァルドのように眉間に皺を寄せてこちらを睨み据えていた。

ぎくりと顔を引きつらせて足を止める。反対されるのは目に見えていた。

「ええと、ちょっとジークヴァルド様を助けに」

「散歩に行くような気軽そうな言葉だけれども、暴走を止めるために竜騎士になるとか言うんじゃないよね」

半眼になって言い当てたユリウスに、しかし今度は怯（ひる）むことなくまっすぐに見据える。。

「竜騎士さえいれば暴走を止められるのなら、竜騎士になるわ。命の期限があるっていうのに、番になることだって待ってくれたのよ。その他にも色々と助けてくれた。もしもジークヴァルド様が嫌なら、後で契約を切ることもできるし。だから今だけでもやらせて」

必死で言い募るも、ユリウスの険しい表情は変わらない。

「番になりたくない、って言っていたじゃないか。竜騎士なんかになったら、そのまま番にされるよ」

「そうかもしれないけれども……。でも、今、わたししかジークヴァルド様を助けられないのなら、傲慢だと言われてもやるわ。ジークヴァルド様が死ぬかもしれないのは、嫌だから」

ユリウスはそれでも納得いかないように唇を引き結んでいたが、ふいに大きく揺れた窓ガラスにはっとして、すぐに苛立ったように頭をかいた。

「――ああっ、もう、好きにしたら？　【庭】に行くのを止めても来たし、姉さんは昔から俺の言うことなんて聞いてくれたことはないんだから、勝手にすればいいよ。……――でも、俺も手伝うから」

ふいと顔を逸らしたユリウスが最後にぼそりと付け加える。

「ありがとう！　ユリウス」

ふてくされたようなユリウスに、エステルは力いっぱい抱きついた。

「わかった、わかったから……。暴走を止めに行くのなら、早く行こう」

照れくさいのか、引きはがしたユリウスの頬が少し赤い。それを微笑ましく思っていると、姉弟の話し合いの決着がつくのを待っていたかのように、クリストフェルが声をかけてきた。

「麗しい姉弟愛ですね。ユリウスが手伝ってくれるというのでしたら、私ではなく、セバスティアン様にエステルを運んでいただきましょう。その方がまだ安全です」

にっこりと笑ったクリストフェルに、安全とはどういうことかとエステルは思わずユリウスと顔を見合わせた。

＊＊＊

一歩一歩塔の階段を上る度に、少しずつ緊張してくる。そんなエステルにクリストフェルはいつもの調子を変えずにこれからやることの説明をし始めた。エステルの背後からは、ユリウスと、少し緊張した面持ちのセバスティアンがついてくる。

「ご存じだと思いますが、竜騎士になるには鱗を竜の血に浸さなければなりません。ちょうどジーク様はお怪我をされていましたので、貴女にはジーク様のお傍に行って鱗に血をつけてもらいます」

「どうやって傍に行くんですか？　あの酷い風では近づけないのでは……」

「渦状になっていますから、上が開いていると思いますので、そこから入っていただきます」

何でもないことのように言うクリストフェルに、覚悟を決めたはずのエステルもさすがに怖気づいた。

「え、放り込まれるんですか？」

「――いえ、それは……、ええまあ、セバスティアン様に上から近づいてもらいますので、そこはセバスティアン様の頑張りにもよりますが」

クリストフェルがちらりと最後尾のセバスティアンに目をやり、珍しく歯切れの悪い答えを返してきたので、なおさら緊張感が高まってくる。

すっかり萎縮してしまいながら最上階まで上がると、クリストフェルは長の部屋の方ではなく竜が着地するバルコニーの方へ足を向けた。エステルに配慮してくれたのか、外にはまだ出ずに戸口の辺りで立ち止まってくれる。

上は下ほどの影響がないのか、風はそれほど強くなく、服をわずかに揺らすだけだ。

「本当にやる？」

「本当にやるのー？」

隣に立ったユリウスとセバスティアンが声を揃えて同じことを言うので、緊張に強張っていた顔が思わず緩んだ。

「やるわよ。ちゃんとジークヴァルド様を落ち着かせてみせるから」

「無理は……、ううん、多少の無理はしないと駄目か」

いつもならばそんなに危ないことは絶対に駄目、と言い張るだろうが、ユリウスもまた覚悟を決めたのだろう。表情を引きしめた弟とその主竜は先にバルコニーへと出ていった。

「エステル、鱗はありますね」

クリストフェルに言われて、エステルは鱗を取り出して見せた。

「あります。これを竜の血に浸して砕いて飲むのが一番簡単な竜騎士になる方法なんですよね。前にジークヴァルド様にお聞きしました。でも、砕ける気がしないんですけれども……」

かなりの硬度だ。少し力を入れた程度では割れない。午前中に竜騎士の契約をしたレーヴの護衛隊長は木槌で割っていたのを思い出す。

「クリス！　ジークが動き出したよ！」

ふいにバルコニーの手すりからジークヴァルドの様子を見ていたセバスティアンが、焦ったように竜の姿へと戻った。そこへユリウスが乗る。それを見たクリストフェルが、少し早口になった。

「竜の血に浸せばもろくなりますから、すぐに砕くことができます。飲み込むのは問題ありませんよ。――他に何か確認することはありますか？」

「……――いいえ、大丈夫です」

「――では、お気をつけて。ジークヴァルド様をよろしくお願い致します」

クリストフェルは小さく会釈をすると後ろに下がった。途端に外の景色がよく見える。上の方まではジークヴァルドの起こしている吹雪の影響がないのか、弱い雨が降っているだけだ。

エステルは大きく深呼吸をすると、覚悟を決めてバルコニーに足を踏み出した。軽く目を伏せ、半ば駆けるようにセバスティアンに近づくと、先に乗っていたユリウスが上に引っ張り上げてくれた。

「手、震えているけど」

「これは寒いせいよ」

強がりを言って無理に笑うと、ユリウスもまた苦笑してくれた。

『ちゃんと乗った？　飛ぶよ』

セバスティアンが大きく翼を羽ばたかせた。風圧に思わず目を閉じ、前に乗るユリウスの腰に回した腕に力を込める。

（この前みたいに落ちないから、大丈夫よ。怖くない、怖くない……）

いつものように言葉を繰り返しているうちに、ぐらぐらとセバスティアンが揺れだした。

『うわぁ、怖っ。弾き飛ばされそう……』

「そういうことを言わないでください！　今からエステルが飛び込むんですから」

ぎゃあぎゃあといつもと変わらず騒がしい主従に、エステルは細く息を吐きだした。深刻になりすぎない様子が、逆に今はありがたい。

『エステル、何とか近くまで行くから。僕たちが外へ放り出されても、それくらいじゃ怪我なんかしないし、気にしないでね』

首を巡らせたセバスティアンのやけに頼もしい言葉に、エステルは妙な感動を覚えた。

ユリウスが若干呆れたかのように小さく溜息をつく。

「この前落としたのを挽回しようと、格好をつけなくていいですから。ほら――行きますよ！」

ユリウスの合図にくるくると旋回していたセバスティアンが、吹雪の渦に上から突っ込む。途端に細かな氷の粒が頬に当たり、冷気が体を包み込んだ。きつく閉じてしまった目をこじ開けると、地上で苦しそうに身をよじりつつもどこかへ進もうとする銀の竜の姿が見えた。

「エステルっ、降りて！」

ユリウスの言葉に背中を押されるように、エステルは息を詰め、ジークヴァルドの背中目がけて飛び降りた。

「――――っ!!」

硬くて少しだけごつごつとした背中に半ば落ちるように降り立ったが、安定感が悪く転がり落ちそうになって必死で翼の根元を掴んでしがみつく。

「ジークヴァルド様、わたしがわかりますか!?」

どうにかして背中に戻りつつ呼びかけるが、返答はない。

（傷は……確か首元に噛みつかれていたはず）

身を低くしつつ、じりじりとジークヴァルドの背中を這うようにして進み、首元に負った傷まで何とか辿り着いて、鱗を取り出しかけた時だった。

ジークヴァルドが大きく咆哮したかと思うと、翼を動かし始める。

（飛び上がる!?）

焦ったエステルはようやく取り出した鱗を、流れ出ていた血に叩きつけるように置いた。

――と、瞬く間に鱗が血を吸い取る。しかしながら吸い切った途端にエステルの手の下で砕けてしまった。そのままばらばらとジークヴァルドの首元から下へと落ちていく。

「嘘でしょ!?　待って、待って……！」

もろくなるとは聞いたが、ここまでとは思わなかった。ジークヴァルドは以前、普通に契約の鱗を手にしていたというのに。叩きつけたのがいけなかったのだろうか。

これではジークヴァルドを助けられない、と蒼白になりながらも手の平を開く。

「……あった」

エステルの目に飛び込んできたのは、小指の爪ほどの大きさの鱗のかけらだった。それを認識した途端、エステルはなんのためらいもなく口に含んですぐさま飲み下した。

（痛い……っ）

焼けつくように喉が痛くなり、息が苦しくなった。空気を求めてあえぐと、今度は心臓が壊れるのではと思うほど激しく鼓動を打ち始める。

「…………っ!!」

全身を襲う痛みと熱さで、意識が朦朧（もうろう）としてきた。力が入らず、ジークヴァルドの背中から落ちていくのさえも止められない。

(竜の力に殺される……っ)

力を失った体をジークヴァルドの吹雪が巻き込み飛ばし――唐突にエステルを飛ばそうとしていた吹雪が止んだ。

途端に痛みも暑さも嘘のようにふっと体から消える。それでも弾き飛ばされている最中なのは変わらない。地面に叩きつけられる衝撃を想像し、思わず声を上げた。

「――ジークヴァルド様!」

叫んだ瞬間、たちまち体を冷風が包み込む。凍えるような冷たさではなく、五月の薫風のような爽やかな風が、落下の速度を緩めてくれた。

庭園の荒れた地面の上に優しく転がされるように落ちたエステルは、すぐさま頭上に差した影にはっとして体を起こした。こちらを苛立ったように見下ろしていたのは、竜の姿のままのジークヴァルドだった。

じっとこちらを見たまま微動だにしないので、まだ体が言うことを聞かないのかと心配になった時、銀竜はくわっと大きく口を開けた。

『――お前は、なんて無茶なことをしたんだ!!』

耳が壊れるのでは、というほどの大音声に思わず身を引く。しかしながら、しっかりとこちらを見据えてくる理性の灯った目に、エステルは歓喜のあまり立ち上がってジークヴァルドの

首に抱きついた。

「怪我は大丈夫ですか？　どこか苦しいところはないですか？　痛いなら痛いってちゃんと言ってください」

胸にこみ上げてきた嬉しさと安堵にこらえきれず、エステルは泣きながら笑った。

『わかった、わかったから、少し離れろ。鱗でお前が傷つく』

少しだけうろたえたようなジークヴァルドの声に、涙をぬぐって名残惜し気に離れる。するとすぐさま翼を羽ばたかせたジークヴァルドが、まるで竜の皮を脱ぐようにふわりと人の姿へと変化した。

「――いいぞ」

嘆息して広げられた腕に、しかしエステルはためらいなく飛び込むことはできなかった。竜の姿の時には抱きつけても、人の姿の時にはどうにも羞恥と少しの恐れでためらってしまう。

「どうした」

ジークヴァルドが不審げにこちらを見た。

(どっちの姿もジークヴァルド様なんだから、急に態度を変えていたら不思議に思うわよね)

少しだけ迷い、ふとジークヴァルドの首から血が流れているのに気づいたエステルは、ハンカチを取り出そうとして持っていないことに気づき、迷った挙句髪を結んでいたリボンを解いてそろそろと近づいた。そっとリボンを傷にあてがうと、ジークヴァルドがその手の上に自分の手を重ねてきた。

　思わず肩が揺れた。少しだけ緊張気味にジークヴァルドを見ると、彼は深みのある藍色の竜眼を細めて柔らかく笑った。

「――お前が背中に乗ったのは気づいていたんだ。それでも、どうにもできなくてな。――助かったぞ。……ありがとう」

　見たことのないジークヴァルドの愁いのない笑みに、どきりと心臓が跳ね上がる。うるさくなりそうな心臓を誤魔化そうと、エステルは激しく首を横に振った。

「わたしを救ってくれたお返しです」

「お返しにしては、十分すぎると思うが……」

　申し訳なさそうに言ったジークヴァルドが、エステルの髪を梳くように手に取った。

「それはそうと、気づいているか？　髪と目の色が変わっているぞ」

「え……？」

　きょとんと目を瞬くと、ジークヴァルドによって目の前に自分の髪を持ってこられる。その色は、いつも見ていた茶色ではなくジークヴァルドと同じ――光り輝くような銀色をしていた。

　先ほどリボンを解いた時には、全く気づかなかった。

（……いつも叔父様やユリウスの髪色や目の色が羨ましかった）

　竜と同じ髪と目の色をして、誇らしげに空を飛ぶその姿がどうしようもなく羨ましくて、思いを昇華するように絵に描いた。それでも、箱入り令嬢と揶揄されても仕方がないと諦めて受け入れてきたのは自分だ。

変わった髪色は自分自身が行動した結果もたらされたものなのだと思うと、感慨深くなる。

（そ、それにしても、これって……。【竜のもの】ってすごく主張している気がするけれども）

じわじわとこみ上げてきた羞恥に耐えるようにきつく髪を握りしめ、そろりと視線を上げると、どこか満足そうなジークヴァルドと目が合った。

「ええと……、ちょっと眩しいですね」

気恥ずかしさを振り払うようにそう口にすると、ジークヴァルドは肩を震わせて笑った。

エピローグ

林檎のような形をした色とりどりの木の実が淡く光り輝いている。

その上空を銀の竜の姿のジークヴァルドがまるで舞いを舞うかのように優雅に旋回していた。

つい先ほどまでジークヴァルドの棲み処に流れ込んでいた、夏の夕暮れの涼風よりもなお冷たい氷交じりの風が、次々と落下する木の実を壊し細かな光の粒子に変えていく。

今日もジークヴァルドに連れられて棲み処にやってきたエステルは、スケッチブックを膝に載せたまま、建物の中から不可思議で幻想的なその光景を眺めていたが、感嘆に小さく溜息をついた。

（これが弔いの一環だったなんて……）

先日、弔い場だとルドヴィックが口にした湖に長の亡骸が沈められた。

長命の実は亡くなった竜の力が凝縮したものだそうだ。湖に沈められた竜の遺骸は長い年月をかけて腐り、溶け、残った力だけが水中に露出した長命の実の木の根に吸収されてやがて実をつける。それが地に落ちる前に壊し、自然へと還すことで全ての弔いを終えるのだ。ジークヴァルドはその最後の役目を担っていると長を弔いながら教えてくれた。

（それを途中でもいで食べれば、当然毒……呪いにもなるわよね）

数日前、長命の実を口にしたルドヴィックの竜騎士は、ジークヴァルドの暴走後に亡くなっているのが見つかった。ルドヴィックとジークヴァルドの争いに巻き込まれ、酷い有様だったらしい。

逆恨みと言えば逆恨みなのかもしれないが、父子共々ルドヴィックに理不尽な目に遭わされたことを思うと、なんとも言えず後味が悪い。

再び溜息をつくと、ちょうど空から舞い降りてきたジークヴァルドが人の姿に変化しつつ建物に入ってきたところだった。エステルの顔を見たジークヴァルドは、眉を顰めてすぐ隣に腰を下ろしてきた。

「どうした？　浮かない顔だな」

「ルンドマルクの方々が気の毒だったと思っていただけです。ルドヴィック様の竜騎士がシェルバ出身だと知らずに候補に出して、長を殺害する手助けまでさせられてしまいましたから」

長を殺した疑惑がある竜騎士が少し不憫だと思ったとは言えず別のことを口にすると、ジークヴァルドは目を眇めた。

「長の殺害までは知らなかったとはいえ、ルドヴィックの甘言に乗せられ、お前に射かけて攫った時点で、俺の命を狙ったのと同じだ。お前が同情することはない。シェルバほどではないにしろ、しばらく【庭】へ出入りを禁じるのは当然だ」

「そうなると――ルドヴィック様はある意味うまく罪を償わずに逃げきったようなものですね」

エステルがやりきれない気分で眉を下げると、ジークヴァルドは疲れたように息を吐いた。

「――そうだな。まさか眠ったまま目を覚まさなくなるとはな。それほど力を使い果たしたのだろうが」

驚くことに、ルドヴィックは深手を負っていたところにジークヴァルドの力の暴走を受けたせいか、かろうじて生きてはいるものの、完全に深い眠りに落ちてしまったそうだ。

「百年後、二百年後……いつ目覚めるかわからない。そのまま【庭】の奥深くで眠らせておくにしても、目覚めた後にまた暴走するか、改心しているかでまた対応が変わるだろう。不幸な竜騎士を再び出さないといいが」

ジークヴァルドは、苦々しそうに表情を歪（ゆが）めた。

同族殺しは竜のなかで最（もっと）も重い罪だそうだ。たとえ重罪を犯していたとしても、処罰として簡単に死を与えることはできないらしい。頭の痛い問題なのは十分に伝わってくる。

「――竜騎士、って怖いですね」

畏怖（いふ）に身を強張（こわば）らせて、手にしていたスケッチ用の木炭を強く握りしめる。

名誉にもなれば、不名誉や恨みの矛先にもなるのだ。そして竜の意向に添うことも覚悟しなければならない。やはり竜騎士になるのは生易（なまやさ）しいものではない。

「そうは言っても、お前は俺の竜騎士になったではないか」

嘆息をしたジークヴァルドの視線は、エステルの銀色に変わってしまった髪に向けられていた。そのことに少しだけ顔が熱くなる。数日経った今もこの色には慣れない。

「ええと……その、竜騎士になったのは、クリストフェル様にこのままだと番がいないことでジークヴァルド様の命が尽きるまで暴走すると言われてしまったので、助けたかっただけです」

「命？　クリスがそう言ったのか？　――ああ、なるほど、そういうことか」

片眉を上げたジークヴァルドが、すぐに小さく笑う。その皮肉気な様子に、不思議に思って目を瞬いたエステルだったが、はっと気づいた。

「もしかして……わたし、騙されました？」

「ああ、そうだな。別に命までは失われないぞ。使いすぎで力の制御が利かなくなっている状態だからな。体力がなくなれば、そのまま倒れるだけだ。ルドヴィックがいい例だろう」

「【庭】の外に出たら、被害が出るとも聞きましたけれども」

「【庭】の外で暴走したら、それは被害が出るだろうな。だが、いくら俺でも出る前に体力が尽きる。だから言っただろう、お前が救われたお返しにしては十分すぎる、と」

実に面白そうに言い返してくるジークヴァルドに、エステルは愕然としてスケッチブックを抱える手に力を込めた。

（なんとなく、乗せられたような気がしたのは、気のせいじゃなかった！）

自分の直感は間違っていなかったらしい。ジークヴァルドの配下なのだから、ジークヴァルドのためになるように持っていくのは当然なのだろう。番の問題は命が懸かっているのだから。

「……次にクリストフェル様と顔を合わせたら、鱗を一枚顔料用に要求してもいいですか？」

「遠慮なくむしり取ればいい。それくらいは覚悟しているだろう。だが顔料もいいが……これはどうだ」

ふとジークヴァルドは、出入り口の傍に置いてあった袋の中から取り出した物をエステルに差し出した。

「――っスケッチブック！　これってレーヴ産の高級紙ですよね。すごく薄いのに、丈夫で描きやすくて、長期保存に向いていると評判の。これ、なかなか手に入らないんですよ！　わたしも一回だけ、知り合いの紙の卸業者の方に見せてもらって……」

目を輝かせて滔々と語ってしまったことに、はっと我に返る。そこでようやくジークヴァルドが呆れたように苦笑しているのに気づいた。

「俺が破ってしまったスケッチブックの詫びなのだが……。お前は絵の関係のことになると、本当に嬉しそうだな。お前が絵を描いている姿は、見ていて楽しいが」

「楽しい？」

思わぬ言葉に驚いてまじまじとジークヴァルドを見つめてしまう。絵を描くことに何も言わなくなったと思っていたが、観察して楽しんでいたとは思わなかった。

「ああ、楽しい。絵を描いている時のお前は、いつも以上にくるくるとよく表情が変わる。今まで俺の傍でそんなにも喜怒哀楽の表情を隠すことなく見せる者はいなかった。だから、お前を見ているのは、好きだ」

ジークヴァルドが慈しむように目を細めて、エステルを見据えてきた。

(好き？　え、それはどういう意味の好きなの？　あ、もしかして見世物を見ているのと同じ感覚とか……。うん、そうよ。そうに決まって――!?)

一瞬湧き起こった嬉しさと羞恥をこらえていると、ふいにジークヴァルドはエステルの髪に指をからめるかのように触れてきた。その仕草が妙に色めいている気がして落ち着かない。

「そのお前の行方が知れないとわかった時、いても立ってもいられなかった。お前が楽しそうに絵を描いている姿が見られなくなるのかと思うと、失うかもしれない焦りと苛立ちでおかしくなりそうだった。あそこまで一人の存在の安否を案じたことはない」

髪に触れていたジークヴァルドの手が、頬に触れてきた。驚きと緊張と、そして気にかけてくれたのだという嬉しさで身動き一つできないでいると、エステルが逃げ出さないのを見たジークヴァルドは、するりと頬を撫でてきた。くすぐったさは感じるものの、嫌だとか怖いという感情が浮かんでこない自分に戸惑う。

「お前は俺を助けるために竜騎士になったと言ったな。高いところが苦手なお前が、もしかしたら死ぬかもしれないというのに。あの時なぜ助けたいと思った？　憧れだけで命を懸けられるはずがない」

こちらを見据えてくるジークヴァルドの藍色の竜眼に、どこか期待するような、少しだけ熱のこもった色が浮かぶ。ジークヴァルドがここまではっきりと心情を明かしてくれたのは、初めてかもしれない。

（それなら……わたしも逃げないでちゃんと答えないと）

エステルは緊張した面持ちでジークヴァルドをまっすぐに見つめた。

「本当に申し訳ないのですけれども、わたしはあの時……番のことを真剣に考えていなかったことに初めて気づいたんです。番がいないことがどういうことなのか、頭ではわかっていても、しっかりと理解ができていなかった」

そうして感じたのは、足元がぐらつくような罪悪感だ。

「ジークヴァルド様の命が危ないと気づいて、ふと思い出したんです。それで……嫌だな、と」

「嫌だ？　何がだ」

言葉の受け取り方を勘違いしたのか、ジークヴァルドが少しエステルとの間を空けようとしたので、慌てて先を続ける。

「ジークヴァルド様はあんなにわたしが番を断っていても、探しに来てくれました。取り乱していたのも面倒がらずに宥めてくれましたし、命が懸かっているんですからそれを盾に取って、番になるのを迫ってもいいのに、それもしませんでした。そんなに優しい方がこのままいなくなるのは嫌だと思ったんです」

　膝に載せていたジークヴァルドに貰ったスケッチブックを握りしめる。

　言葉が時々足りなくて、突き放すような言い方でも、突き詰めて考えてみれば、ジークヴァルドは優しくて誠実だと思う。それに気づいたのに、見放すようなことはしたくない。

　エステルが穏やかな気持ちでジークヴァルドに笑いかけると、意外そうにしていたジークヴァルドはすぐに同じように小さく笑った。

「俺はそれほど優しくはないぞ。竜騎士選定終了後に番の誓いの儀式をする。そう決めていただけだ。お前の意思の確認など初めから頭になかった。――だが……今は聞きたいと思う」

　ジークヴァルドが真摯な目でこちらを見つめてくる。エステルは膝に置いたスケッチブックの上で両手を揃えてしまった。

「俺と番になってくれないか」

　ジークヴァルドにしては穏やかな表情と、柔らかな物言いに、エステルは嬉しくも感動し、それでいて迷いも混じったような、様々な感情が胸の奥からこみ上げてくるのを感じた。

「わたしは――」

　エステルが迷いつつも口を開いた時、聞き覚えのある呑気な声が頭上から降ってきた。

『ジークにエステルー、ユリウスが遅いって怒りまくっているから、早く塔に帰ってあげてー』

はっとして見上げると、若葉色の竜が上空をふらふらと旋回していた。相変わらずユリウスが乗っていないと細かい調整は難しいらしい。

今日は塔で竜騎士選定の最後の晩餐会があるのだ。エステルは新しい竜騎士として、ジークヴァルドは長の代理としてそれに出席しなければならない。ユリウスもその準備に駆り出されているのだろう。

「今帰ります！」

エステルが羞恥を打ち消すように建物の外に顔を出し、大きく手を振っていると、ふいにジークヴァルドが傍に立ち、忌々しそうに空を見上げた。

「あれは機会を見計らってわざと声をかけたな」

「え？　失礼ですけれども、セバスティアン様にそんな小細工ができますか？」

「──お前の弟の主竜だ。頼まれればやるだろう」

いつものように眉間に皺を寄せたジークヴァルドが小さく嘆息したかと思うと、唐突にぽんとエステルの頭に何かを載せてきた。驚いて頭に手をやり下ろしてみると、それは黄色い小花で作られた可憐な花冠だった。

「これ、どうしたんですか？」

「気に入らないか？　その服に合うと思ったのだが」

質問には答えずに、ジークヴァルドがエステルの身につけた淡い黄色のドレスに視線を向けた。今日は普段の動きやすい脛丈のスカートではなく、晩餐会に向けた礼装を纏っている。少し重めのしっかりとした生地とはいえ、竜に乗るのには向いていない。

ここに来る際に、いくら竜騎士になったとはいえ、せっかく綺麗に装ったのにどうしてジークヴァルドについていくのかと、不満たっぷりに引き留めていたアルベルティーナを思い出す。

「いいえ、すごく好みです。髪飾りをどうしようかと思っていたので、助かりました。作った方にお礼を言いたいので、誰が作ったのか教えてください」

「礼などいらないだろう。お前が喜んでいる顔さえ見られれば」

頑なに作り手を教えないジークヴァルドに、エステルが不思議に思って首を傾げた時、頭上からセバスティアンが声をかけてきた。

『あっ、それジークが子竜たちに聞いて作っていたやつ？　器用だねー。あの水色の子竜がエステルに贈った花一本に対抗したかいがあったと思う』

ふらふらと飛びながら真相を全て暴露していくセバスティアンに、エステルはそろりとジークヴァルドを窺った。

（本当に器用……って、そうじゃなくて！　けっこうな負けず嫌いなのね）

そう思うと、空を飛ぶセバスティアンを射殺さんばかりに睨みつけるジークヴァルドが、意外にも可愛らしく思えた。

「あの……、嬉しいです、と伝えてください」

「……ああ、わかった。伝えておく。──塔に戻るぞ」

いつも以上に硬い声で頷いたジークヴァルドは、すぐさま竜の姿に戻った。スケッチブックは棲み処の中に戻し、花冠だけを腕にかけてその背中によじ登ったエステルは、そこで沈みかけた夕日に煌めく銀に青を一滴たらしたような美しい鱗を見て、感嘆の溜息をついた。

(やっぱり、すごく綺麗……。こんなに綺麗な竜に番になってくれって言われているのよね。──……さっきは、遮られたけれども。飛ぶ前にちゃんと答えないと)

ばさりとジークヴァルドが薄い氷の被膜のような翼を開く。

「あの、番の──」

『先ほどの番のことだが』

同時に喋りだしてしまい、ジークヴァルドが驚いたように長い首を巡らせてこちらを振り返った。

『番の返事ならまだしなくていい。──一年後に聞かせてくれ。それまで俺の竜騎士をやっていればいい』

「本当に竜騎士でいていいんですか?」

『ああ、今のお前に返事を貰っても、同情で番になると言われそうだ』

ジークヴァルドが小さく喉を鳴らして笑ったことに、エステルはぎくりとする反面、わずかに反抗心がもたげた。

「もしも一年の間に、わたしが誰か別の方を好きになってしまったらどうするんですか？」

『俺の竜騎士を、傍から離すわけがないだろう』

　抑揚なく告げられた言葉に、エステルは張り付けた笑みを浮かべた。

（わたし、竜騎士よね？　番になったんじゃないわよね？　すごく今「捕まった」ような感覚がしたんだけれども）

　気のせいだと頭を振っていると、ジークヴァルドが再び翼を広げた。

『いいか、飛ぶぞ』

　ジークヴァルドの声と共にぐんと体が持ち上がる。大きく羽ばたいたジークヴァルドの背中は、竜騎士になる前に比べてほとんど風の抵抗を感じず、体が固定されたかのようにゆるがない。下さえ見なければ、怖さで前後不覚になることなくどうにか体を起こして乗ることができるとわかった時には、感動しきりだった。

（このまま、高所恐怖症が治ってくれるといいんだけれども）

　緊張感を漲らせて、背筋を伸ばし、まっすぐに前方を見据える。今はそれだけしかできないが、いつかもっと余裕をもって広大な景色をジークヴァルドと見て回りたい。

　その時には、自分は竜騎士だろうか、それとも。

　エステルが必死に姿勢を保っていると、ふいにジークヴァルドが声をかけてきた。

『そう言えば、お前には番の香りがわからないと言っていたな』

「すみません。まだ余裕がないのでお願いですから話しかけないでください」

『それは残念だな。番の香りに似ているミュゲの花の群生地が見えるのだが』

「どこですか？　見たいです！　ミュゲの花が群生しているところは見たことが、ないの――」

ないので、と言いつつ、うっかりと地上に目をやってしまった。

途端にぐらりと視界が揺れる。落ちることがないとはわかってはいても、その高さに体の奥底から恐怖がこみ上げてきた。足元がないことにすくみ上がり、こらえても体が震えだす。

がたがたと震え出したエステルに気づいたジークヴァルドが呆れたように嘆息した。

『お前……自分で余裕がないと言っておきながら、なぜ見下ろした？』

「……絵を描くために、どうしても見たかったんです」

颯爽と飛ぶ竜騎士になれるのはまだ少し先かもしれない、と内心で呟きつつ、エステルはジークヴァルドの背中に突っ伏した。

あとがき

はじめまして。またはお久しぶりです。紫月恵里です。

沢山の作品の中から本作を手に取っていただきまして、ありがとうございます。

今回の作品は長年の願いが叶い、竜のお話となりました！

ファンタジーといえば『竜』と子供の頃から思い込んでいたので、一度くらいは書いてみたいと常々思っていました。今回書かせていただけて、嬉しいです。

時々、プロットで竜のネタを混入……、いえ、提案していたのですが、なかなか先に進めずに諦めかけていましたので。

竜ものを書くにあたって、少し悩んだのが竜の姿でした。

洋風のトカゲ型にするのか、それとも和風や中華風にあるようなヘビ型にするのか、または時々見かけるもふもふとした毛が生えた竜にするのか……。

悩んだあげく、結局西洋風の竜になりましたが、カラフルです。折り紙や色鉛筆の色をイメージしていましたので、銀色や金色は特に力のある竜、という方向になりました。単純かもしれませんが、折り紙の金や銀は何となく特別な感覚がします。

そういえば今回の作品を執筆中、パソコンがすごく不調でした。

度々停止し、書いた文章が保存されておらず、最後には文書ファイルも開かなくなるという……。

それも執筆中のファイルだけ開かなくて、真っ青になりました。古いパソコンを引っ張り出してきて（こちらはこちらで排気音がうるさく、キーボードが不調。修理不可）なんとか開けましたが、やっぱり保存できておらず、泣く泣く書き直すことに。

何かの呪いかと思うほど不調が続くので、結局買い換えました。パソコン関係は不調になると焦ります。

そして新しいパソコンにも手間取っています。特殊な言葉や名前だとやっぱりまだ変換がうまくいかず、主人公の名前が『エステル』ではなく『絵捨てる』と変換されたのにはちょっと笑いました。本人にとって重要な要素を捨てたら駄目だろう、と。

これは誤変換で気づいたので、もう少し名付けに気を付ければよかったと少し反省もしましたが。名付けはいつも悩みます。

本文からかなり脱線してしまいましたが、ここからは謝辞を。

お忙しい中、今回のイラストを引き受けていただきました、椎名咲月先生。竜側の服装に色々と注文をつけてしまいまして、すみません。私のわかりにくい説明を、想像通りに描いていただきまして、本当に嬉しいです。ジークヴァルドの不機嫌そうな表情がすごくらしくて、見惚れてしまいました。ありがとうございます！

担当様。いつもながら遅筆でご迷惑をおかけしています。方向を見失ったり、迷子になるのを連れ戻していただきまして、ありがとうございます。「モブにも人生があります」は名言だと思いました。

そしてデザイナー様や校正者様、その他この作品を作成するにあたり尽力していただきました方々にも、お礼申し上げます。


最後に、読んでいただきました読者の方々に感謝を。

竜騎士になりたいのになれなさそうな箱入り令嬢と、その令嬢を奇妙な生き物と称して面倒がりながらも接する竜とのお話を楽しんでいただけましたら、嬉しいです。

それでは、またお目にかかれることを、切に願いつつ。

紫月　恵里

IRIS
ICHIJINSHA

クランツ竜騎士家の箱入り令嬢
箱から出ても竜に捕まりそうです

2020年7月1日　初版発行
2021年4月19日　第3刷発行

著　者■紫月恵里

発行者■野内雅宏

発行所■株式会社一迅社
〒160-0022
東京都新宿区新宿3-1-13
京王新宿追分ビル5F
電話03-5312-7432(編集)
電話03-5312-6150(販売)

発売元：株式会社講談社
(講談社・一迅社)

印刷所・製本■大日本印刷株式会社

DTP■株式会社三協美術

装　幀■AFTERGLOW

ISBN978-4-7580-9285-2

この本を読んでのご意見
ご感想などをお寄せください。

おたよりの宛て先

〒160-0022
東京都新宿区新宿3-1-13
京王新宿追分ビル5F
株式会社一迅社　ノベル編集部
紫月恵里 先生・椎名咲月 先生